Gerda Brömel

AF281433

Auf der Schaukel
Kindheitsbilder
1936 – 1945

Umschlagfotos: Gerda, 1941
                Gerda, 2007

ISBN: 978-3-8334-9188-7

Copyright (©) 2007 Gerda Brömel, 24248 Mönkeberg
broemel-moenkeberg@freenet.de
Alle Rechte liegen bei Gerda Brömel

Herstellung und Verlag:
Books on Demand GmbH, Norderstedt

Inhalt

✶ ✶ ✶

Gerda Brömel lebt in Mönkeberg bei Kiel. Viele Jahre ihres Berufslebens war sie in der Verwaltung wissenschaftlicher Institute tätig. Erst im Ruhestand begann sie mit ihrer schriftstellerischen Arbeit. Inzwischen hat sie eine Reihe erfolgreicher Bücher veröffentlicht:

Aus dem Takt gekommen – Roman – [Kiel-Krimi]
videel, Niebüll 2002

Eine Frau in den *zwei*besten Jahren
– Geschichten um Luise-Marie – (und 5 Satiren)
videel, Niebüll 2003

Eine Frau in den *zwei*besten Jahren (2)
– *Neue* Geschichten um Luise-Marie … und andere –
videel, Niebüll 2004

Farbeffekte – *Kuriose* Geschichten & Limericks
videel, Niebüll 2005

Das Limit – Ausgrenzungen / Eingrenzungen
[Kurzgeschichten] videel, Niebüll 2005

Begegnungen unterwegs
[Reisegeschichten] bod, Norderstedt 2006

Gerda Brömel (Bearbtg.)/Johann Ohrtmann:
»Johann Ohrtmann >Sind Kriege notwendig?<
Erinnerungen eines Pazifisten und Schulmannes«,
Hg. Uwe Danker u. a., Beirat für Geschichte der Arbeiterbewegung und Demokratie in Schleswig-Holstein
Neuer Malik, Kiel 1995

Vorbemerkung

Als Hitler den zweiten Weltkrieg begann, war ich sieben Jahre alt und dreizehn beim Untergang des Dritten Reiches. Wir Kinder wurden Zeitzeugen, die unterschiedlichste Bilder im Gedächtnis verwahren: Bilder eines damals als normal angesehenen Alltags und Bilder des Schreckens. Nach und nach tauchten sie aus der Erinnerung auf, um erst dann auch Worte dafür zu finden. Häufig bleiben es aber Bilder aus kindlicher Sicht: unreflektiert, naiv, ohne Bewertung.

Die Aufzeichnung einzelner Episoden aus meiner Kindheit entstand im Laufe von mehr als fünfzehn Jahren. Es handelt sich um Streiflichter auf bestimmte Ereignisse und nicht um eine fortlaufende Autobiografie. Sachliche Wiederholungen ergaben sich dadurch, dass jeder einzelne Text eine in sich geschlossene Geschichte darstellt.

Gerda Brömel

**Für
Inga, Olaf,
Hanno, Svea, Merle, Simon**

Mein erster Ausflug

Die Kinderstimmen klingen ganz nah:
»Ist die schwarze Köchin da ...«
Es ist ein später Sonntagnachmittag, ich langweile mich, sitze auf der Schaukel und warte darauf, dass die Zeit vergeht. Die Eltern und Tante Hanna sind im Haus beschäftigt und Anna und Fritz bei ihren Freunden.

Ich muss mich recken, um den eisernen Riegel an der Pforte hochzuschieben. Jetzt gehe ich den Weg entlang, der hinter den Gärten vorbeiführt. Der Gesang klingt ganz nah, aber noch kann ich die Kinder nirgends entdecken. Sie spielen weiter entfernt, als ich gedacht habe.

Allmählich werden die Stimmen lauter, ich folge ihrem Klang. Nun sehe ich die Mädchen. Sie singen gerade:

»Dreimal muss sie rummarschiern, das vierte Mal den Kopf verliern ...«

Ich setze mich auf die niedrige Mauer, die die Vorgärten des Hohenstaufenrings vom Fußweg trennt und schaue dem Ringelreihen zu. Anna sagt immer, ich sei noch zu klein, um selbst mitzuspielen. Dabei bin ich doch schon vier Jahre alt.

Die Mädchen singen inzwischen:

»Wir wolln eine goldene Brücke baun ...«

Ihre Stimmen schallen zurück von den Hauswänden. Die Sonne steht schon niedrig und wirft schräge Strahlen.

Während ich dem Gesang lausche, träume ich vor mich hin.

Plötzlich fällt mir ein, dass meine Eltern nicht wissen, wo ich bin. Ich sollte nach Hause gehen, doch allein finde ich nicht zurück. Noch nie habe ich mich weiter von Zuhause entfernt als bis zum Ende des Gartenwegs.

Eine Stimme schreckt mich auf:

»Hier bist du, Gerda? Deine Eltern suchen dich überall! Du darfst doch nicht allein so weit fortgehen, es ist schon spät!«

Herr Lutze, unser Nachbar, beugt sich zu mir herunter. Er trägt seine Schupo-Uniform mit dem glänzenden schwarzen Tschako Jetzt nimmt er mich an die Hand, und gemeinsam gehen wir nach Hause. Ich fürchte mich ein wenig vor ihm, doch insgeheim bin ich stolz auf solch wichtige Begleitung.

Vater schimpft mit mir, als Herr Lutze mich

bei den Eltern abliefert, aber Mutter guckt lieb. Ich will auch nie wieder weglaufen!

[1989]

Gerda und ihr Vater, ca. 1935

Als Shopping noch Einholen hieß

Mit Mutter zum Einholen gehen mochte ich gern. Meistens waren wir zwischen Nachmittagskaffee und Abendbrot unterwegs. Es muss noch vor dem Krieg gewesen sein, vielleicht 1937 oder 1938. Besonders im Herbst und Winter fand ich es schön, wenn es schon dunkel war und das Licht der Straßenlaternen sich im regenfeuchten Pflaster spiegelte und der Rauch aus den Schornsteinen der Häuser quoll – genauso, wie ich es als Fünf- oder Sechsjährige auf meinen Bildern zu

Kantstraße 57

malen versuchte. Wir wohnten direkt am westlichen Stadtrand in der Kantstraße, die parallele Nietzschestraße wurde gerade erst gebaut.

Manchmal fielen mir während unserer Einkaufstour »wichtige« Aufgaben zu. Zum Beispiel sagte Mutter, während sie vor dem kleinen Spiegel im Flur ihren Hut aufsetzte, dessen dünnes Gummiband mit dem Zeigefinger dehnte und unter ihrem Haarknoten versteckte:

»Gerdalein, erinnere mich bitte daran, dass wir auch zu Schuster Stender gehen!«

Stender hatte seine Werkstatt am Hohenzollernring (jetzt: Westring), dessen Fortsetzung nach Süden der Hohenstaufenring war. Wie zum Teil auch heute noch trennte damals die beiden Richtungsfahrbahnen ein unbefestigter Mittelstreifen mit Bäumen an den Seiten. Er wurde Reitweg genannt. Ich kann mich allerdings nicht daran erinnern, jemals Leute hoch zu Ross gesehen zu haben, wenn wir dort entlanggingen, anstatt die seitlichen Bürgersteige zu benutzen. Der Hohenstaufenring mündete in den Hauptweg zwischen den Kleingärten der »Grünen Gilde«, führte westlich am Teich des Schützenparks vorbei und direkt in die Lutherstraße. Dieser Fußweg und die Kleingärten mussten inzwischen der nochmaligen Verlängerung des

Westrings mit dem Theodor-Heuß-Ring sowie der weiteren städtischen Bebauung weichen.

Die Tür zu Schuster Stenders Parterrewohnung war immer unverschlossen, und so betraten wir vom Flur aus nach kurzem Anklopfen die kleine Werkstatt gleich links. Hier roch es gut nach Leim, Leder und Gummi. Wenn wir Schuhe abholen wollten, brauchte Mutter sie nie zu beschreiben, denn von den vielen Reparaturen kannte unser Schuster sie bereits. Doch kam es selten vor, dass er in das Regal mit den fertigen Paaren griff; meistens suchte er sie aus dem Haufen der unbearbeiteten heraus.

»Ich bin noch nicht dazu gekommen, Frau Ohrtmann. Absatzecken und Spitzen wie immer?«, fragte er dann und machte sich sogleich an die Arbeit

Spannend fand ich es, wenn er Schuhe besohlte. Dafür schnitt er aus einem starren Stück Leder die Sohle aus, bestrich sie mit Leim, klebte sie auf den Schuh und trennte die überstehenden Kanten sorgfältig ab. Blitzschnell bohrte er mit der Ahle Löcher in das Leder. Als Nächstes nahm er aus einer flachen Blechdose eine Anzahl kurzer Holzstifte, die er sich zwischen die Lippen steckte. Jeweils zwei davon zog er mit der linken Hand wieder hervor und hielt sie nebeneinander senkrecht auf die Sohle. Mit dem abgeflachten Schusterhammer schlug er beide mit einem schwachen und einem kräftigen Schlag in das vorgelochte Leder. Auf diese Weise entstanden zwei nebeneinanderliegende akkurate Reihen, die die geleimte Sohle noch zusätzlich rund um den Rand festhielten. Zu gern auch mochte ich zusehen, wenn er sich an die große Ledernähmaschine setzte, um aufgeplatzte Nähte an Schuhen und Taschen zu steppen. Unser Schuster war ein hochgewachsener Mann mit kurzen eisgrauen Haaren und dunkelblauer Schürze.

»Die Brandsohle ist leider durch, Frau Ohrtmann, da ist nichts mehr zu machen!«

»Können Sie es denn nicht noch einmal versuchen?«

Neue Schuhe waren eine teure Anschaffung, für die auf anderes Notwendige verzichtet werden musste. Vater war arbeitslos, denn 1933 hatte man ihn aus politischen Gründen zum Lehrer a. D. degradiert.

In der Metzstraße führte Fräulein Hackbarth ihren kleinen Laden. Bei ihr kaufte Mutter Stickgarn, Nähnadeln oder Strumpfgummi. Letzteres wurde an meine gehäkelten Leibchen geknöpft und am anderen Ende an die langen braunen, gerippten

Baumwollstrümpfe. Das Gummiband hielt nur vorn die Strümpfe fest, während sie hinten eine Handbreit über den Kniekehlen zipfelten. Je größer ich wurde, desto längeres Strumpfgummi musste Mutter für die nicht mitgewachsenen Leibchen kaufen.

Die Drogerie Lutzenberger, ebenfalls in der Metzstraße, besuchten wir, wenn Mutter im Frühjahr vor dem Großreinemachen zum Beispiel Lack für unsere Holzdielen brauchte oder wenn sie sich hin und wieder eine Tube Mouson-Handcreme leistete für ihre von der Hausarbeit rissig und rau gewordenen Hände. Sie besaß kleine Hände, die einst dafür ausgebildet worden waren, künstlerische Stickereien, Musterzeichnungen und Schriftmalereien anzufertigen. Ich fand, dass Herr Lutzenberger ein schöner Mann war in seinem weißen Kittel: Groß, schlank, mit dunklen Haaren und ebenmäßigen Zähnen wie auf der Chlorodont-Reklame. Wenn wir wieder gingen, eilte er zur Ladentür, um sie für uns zu öffnen, und dabei umwehte ihn der angenehme Duft von Terpentin.

Bei Sanny auf der anderen Straßenseite kaufte Mutter Kernseife, SIL, ATA und IMI – meine ersten, selbständig gelesenen Wörter. Es gab hier auch Töpfe und Pfannen, Besen, Leuwagen

(Scheuerbesen) Bürsten, Feudel (Bodenwischtücher) und anderen Hausrat. Jeder Laden besaß seine ganz eigene Duftnote. Besonders gern ging ich mit Mutter in »Kaiser's Kaffee«-Geschäft. Das Schild mit der lachenden Kaffeekanne war schon von weitem zu erkennen. Drinnen roch es süß nach Schokolade und herb nach frisch gerösteten Kaffeebohnen, die auf Wunsch in der großen Maschine mit goldfarbenem Metallschwungrad auch gleich gemahlen wurden. Gewöhnlich kaufte Mutter hier ein viertel Pfund Bohnenkaffee oder Pflaumenmus in einem kleinen bunten Blecheimer, den ich an seinem Henkel nach Hause tragen durfte.

Unser Brot holten wir normalerweise im Konsum, aber wenn Tante Hanna an ihrem Geburtstag Kuchen spendierte, gingen wir zu Bäcker Nanz an der Ecke Metzstraße und Kronshagener Weg. Frau Nanz begrüßte jeden Kunden mit einem hohen melodischen Singsang: »Guten Tag, was darf's denn sein?«, wobei sie ein so freundliches Gesicht machte, dass ich meine übliche Befangenheit gegenüber Erwachsenen verlor und erwartungsvoll den verlockenden Duft aus der Backstube schnupperte. Meine Lieblingskuchen waren eine Zeit lang die billigen Cremeschnitten, die ich sogar den mit

Schlagsahne gefüllten Schokoladerollen vorzog. Wahrscheinlich aus praktischen Gründen, denn die doppelstöckige Cremeschnitte war nicht so schnell aufgegessen.

Zu den Vormittagseinkäufen im Konsum am Hohenstaufenring (jetzt: Westring) ging Mutter häufig allein. Wir sagten immer noch »Konsum«, obwohl die Konsumgenossenschaften von den Nazis zerschlagen worden waren. Für die Kunden hatte sich jedoch nichts geändert, denn Herr Harder führte weiterhin seinen Laden. Mutter besaß ein Kontobuch. Das war ein Heft im Oktavformat, vorn auf dem achteckigen weißen Etikett stand: »Ohrtmann, Kantstraße 57«. Was im Haushalt benötigt wurde, trug sie dort ein und natürlich auch die Menge. Bei ihrem Einkauf reichte sie das Kontobuch über den Ladentisch, und Herr Harder arbeitete die Liste ab. Das dauerte eine Weile, denn abgepackte Lebensmittel gab es noch nicht. Ich langweilte mich und begleitete Mutter nur in der verwegenen Hoffnung, Frau Harder, die ihren Mann beim Verkaufen unterstützte, möge mir vielleicht einen Lolli schenken. Das sei schon einmal vorgekommen, behauptete meine Freundin Elke. Allerdings wusste ich, dass Elke manchmal gern ein bisschen flunkerte. Es waren diese flachen runden Lollis aus hellbraunem Karamell mit dem Relief einer lachenden Sonne.

Nachdem Herr Harder Mehl, Haferflocken, Buchweizengrütze, Sago, Korinthen und Ähnliches in Tüten gefüllt und abgewogen hatte, vermerkte er im Kontobuch in der Spalte hinter der jeweiligen Ware den Betrag. Am Ende eines Monats wurde summiert und abgerechnet. Dann griff Mutter seufzend nach dem Portemonnaie in ihrem Einholnetz. Erst später wurde mir klar, dass sie auf Kredit kaufte. Es war in den Jahren, als Vater unsere Familie mit Gelegenheitsarbeiten mühsam über Wasser hielt, denn jegliche Tätigkeit in seinem eigentlichen Beruf hatten die Nazis ihm verboten.

Manchmal musste ich auch allein zum Konsum. Und zwar, wenn Mutter keine Zeit hatte oder etwas außer der Reihe brauchte, was nicht im Kontobuch stand. An einem Nachmittag sollte ich ein Knäuel weißen Stopftwist kaufen. Das war ein schweres Wort. Ich hatte Angst, es zu vergessen, und so murmelte ich, während ich zum Konsum lief, ununterbrochen »Stopftwist, Stopftwist, Stopftwist!« Doch auf heimtückische Weise hatte das Wort sich unterwegs verändert, und als ich im Laden ankam, verlangte ich – obwohl mir dies selbst etwas merkwürdig vorkam – weißen »Stopfmist.« Natürlich erhielt ich das Richtige, denn Frau Harder erriet sofort, was Mutter mir aufgetragen hatte.

Von »Harder« konnte man durchgehen zum Verkaufsraum, in dem es Brot und Backwaren der Großbäckerei gab. Am Ende der Ladenzeile, die mit ihrer Schmalseite zur Langenbeckstraße lag, hatte Schlachter Tank sein Geschäft. Zu ihm zogen wir im Sommer auch unseren gut gefüllten Blockwagen. Damit transportierten wir die noch offenen Konservendosen samt Blechdeckel mit den gekochten grünen Bohnen, die wir vorher frisch im Garten geerntet hatten. Tank besaß eine Maschine, mit der die Dosen luftdicht verschlossen werden konnten. Auf diese Weise hatten wir Gemüsevorrat für den Winter. Kurz vor Weihnachten trug Vater den Drahtkorb mit einem unserer Stallkaninchen zur Schlachterei. Herr Tank tötete es für uns und zog auch das Fell ab. Diesen schweren Weg musste Vater immer allein gehen. Unsere Kaninchen waren meine kleinen Freunde, mit denen ich spielte und denen ich hin und wieder meinen kindlichen Kummer anvertraute.

Zur Sparkasse an der Ecke Stern- und Möllingstraße begleitete ich Vater dagegen sehr gern. Zunächst erhielt er dort ein Holztäfelchen mit einer Nummer. Wurde diese endlich aufgerufen, ging er zum Schalter und erledigte sein Anliegen. Währenddessen blieb ich voller Behagen auf der mit hellbraunem Leder bezogenen Besucherbank sitzen. Das Leder war im Laufe der Jahre buchstäblich blank gesessen und fühlte sich wunderbar an, wenn ich mit der Hand darüberstrich oder verstohlen darauf hin- und herrutschte.

In der Weihnachtszeit nahm Tante Hanna, die bei uns im Haus wohnte und zur Familie gehörte, meine große Schwester und mich an einem Nachmittag mit »in die Stadt.« Wir fuhren mit der Straßenbahn der Linie 7 vom Hasseldieksdammer Weg bis zum Rathausplatz (damals: Adolf-Hitler-Platz). Bei EPA in der Holstenstraße kauften wir – natürlich bezahlte Tante Hanna – Glanzpapier zum Sternebasteln und Ähnliches sowie kleine praktische Geschenke für Mutter und Vater. Lange standen wir auch vor Gieseckes Schaufenstern mit den wunderbaren Spielsachen und den Käthe-Kruse-Puppen mit echten Haaren, die man sogar kämmen konnte.

In meiner Erinnerung erscheint es mir heute, das Schönste an dieser Unternehmung in der Weihnachtszeit sei für mich jedoch nicht das Einkaufen und Schaufenstergucken gewesen, sondern dass Tante Hanna irgendwann sagte:

»Jetzt muss ich aber erstmal eine Tasse Kaffee haben!«

Denn dies bedeutete, wir würden auf dem Nachhauseweg ein Café besuchen – etwas, was sonst nur reiche Leute taten. Mit der Linie 3 fuhren

Gerda und Tante Hanna, ca. 1937

wir bis zum Park-Café am Arndtplatz. In dem Lokal mit seinen großen Fenstern zum Platz, dem Hohenzollernpark (jetzt Schrevenpark) und auch zur Eckernförder Straße (damals: Straße der SA) bestellte Tante Hanna für uns Borkenschokolade mit Schlagsahne – der Gipfel meiner Kinderglückseligkeit! Doch ..., ob ich als Kind nun tatsächlich Borkenschokolade mit Schlagsahne einen derart hohen Rang einräumte, weiß ich nach fast siebzig Jahren nicht mehr genau. Hier könnte auch zutreffen, was die aus Flensburg stammende Schauspielerin und Schriftstellerin Emmy Hennings (1895 – 1948) einmal gesagt hat: »Mein Gedächtnis, die Erinnerung, ist eine Dichterin ...«

[2007]

Erstdruck unter dem Titel »Einholen im Konsum« in: »Also, um eins in Düsternbrook – Geschichten und Anekdoten aus dem alten Kiel«, Hg. Karl-Heinz Groth, Wartberg Verlag, Gudensberg-Gleichen 2007

Auf der Schaukel

In jenem Winter herrscht wochenlang strenger Frost. Auf dem Dachboden liegt unterhalb der Luke für den Schornsteinfeger etwas Schnee, und die Innenseite der Ziegel glitzert von Reif. Wenn Vater im Keller die Drosselklappe des Ofens nicht rechtzeitig genug schließt, beginnt es hier oben im Überlauf der Zentralheizung beängstigend zu brodeln. »Johann!«, ruft Mutter warnend, »die Heizung kocht gleich über!«

Die Schaukel hängt von zwei Dachbalken herunter und bewegt sich leicht hin und her – gerade so, als habe eben noch jemand darauf gesessen. Ich löse die Befestigung an den Seilen, nehme die Ringe ab, die das Brett hielten, und ziehe die beiden Stricke durch die Ösen des Turnrecks. An den Ringen kann ich schon das »Vogelnest« turnen und am Reck eine Rolle vorwärts. Manchmal wage ich auch, mich kopfüber hinunterbaumeln zu lassen mit angewinkelten Beinen, die Kniekehlen fest um die Reckstange gepresst.

Nur im Winter spiele ich hier oben. Ab Frühlingsbeginn hängt die Schaukel wieder am Holzgerüst im Garten. Dort fliege ich mit ihr ganz hoch, und wenn ich oben bin, gibt es diesen komischen Ruck, bevor ich wieder zurückschwinge.

Die Geschwister Fritz, Gerda, Anna, ca. 1940

»Wie du gewachsen bist während deiner Krankheit!«, stellt Mutter fest.

Heute darf ich zum ersten Mal wieder nach draußen. Es ist so hell, dass ich blinzeln muss. Die Luft fühlt sich frisch an, sie riecht würzig nach feuchter Erde und Rauch. Unschlüssig stehe ich herum. Dann setze ich mich aufs Schaukelbrett und umklammere mit beiden Händen die Seile. Zögernd beginne ich hin- und herzupendeln, während meine Stiefel noch über den Erdboden schrammen. Die Sonne scheint warm auf meinen Rücken. Ich trage den dicken Mantel, der mir vor gar nicht langer Zeit noch passte. Jetzt lugt zwischen Ärmel und Handschuh ein Stück nackter Haut hervor. Einmal muss ich husten. Besorgt ruft Mutter aus dem Küchenfenster:

»Sei vorsichtig, mein Kind, überanstreng dich nur nicht!«

Beinah fremd sehen Garten und Rückseite des Hauses aus. Bin ich so lange krank gewesen? Wie still es ist! Nur das rhythmische Quietschen der Ösen in den gedrehten Schaukelhaken und das Ächzen des Holzgerüstes sind zu hören.

Plötzlich beginnen Knops Hühner zu gackern, Frau Weng klopft mit energischen Schlägen ihren Teppich und Herrn Schmidts schwarzer Pudel bellt: Müllleute sind in den Gartenweg gekommen, um die schweren Ascheimer Hand über Hand zum Fahrzeug zu rollen. Von der Straße klingt das Lied des Fischmanns herüber:

»Heringe, Makreln, frische Goldbutt! … Dorsch!«

Elke ruft über den Zaun:

»Gerda, bist du wieder ganz gesund? Wolln wir

spieln?«

Jetzt stemme ich mich auf dem Schaukelbrett schräg nach hinten, bis nur noch meine Zehenspitzen den Boden berühren, dann hebe ich die Füße an, schwinge nach vorne, strecke und beuge die Knie, mache die Arme lang, lege den Oberkörper zurück und den Kopf in den Nacken. Das Fenster mit Mutter kommt mir entgegen und verschwindet, kommt entgegen und verschwindet ...

Höher und höher fliege ich – bis hinauf in den blauen Himmel!

[1993]

Erstdruck in: »Brückenschlag, Zeitschrift für Sozialpsychiatrie . Literatur . Kunst«, Bd. 19 2003, Paranus Verlag, Neumünster 2003

Buchstaben, Wörter, Sätze, Bedeutungen

In meinem Elternhaus war das Wohnzimmer nicht wie bei den Nachbarn mit einem Büfett oder einer wuchtigen Anrichte möbliert, sondern mit Bücherregalen, die an der Wand zum Nachbarhaus vom Fußboden bis zur Decke reichten.

Meine fünf und sieben Jahre älteren Geschwister lasen bereits dicke Schmöker, und besonders Anna war dabei so versunken, dass sie meine hinterhältig gestellte Frage: »Schenkst du mir deine neuen Buntstifte?« mit einem abwesenden: »Hm« beantwortete. Davon wollte sie nachher jedoch nichts mehr wissen.

Natürlich konnte ich es gar nicht abwarten, auch in die Schule zu gehen und lesen zu lernen, um wie die Großen über einem aufgeschlagenen Buch zu rufen: »Ich hab schon hundert Seiten!« oder: »Hach, wie ist das spannend!« oder auch nur leise in mich hineinzulachen. Deshalb bemühte ich mich lange vor der Einschulung, jedenfalls einzelne Wörter zu enträtseln. Wenn ich Mutter beim Einkaufen begleitete, »las« ich zum Beispiel »Kaiser's Kaffee« – das Geschäft war an der lachenden Kaffeekanne leicht zu erkennen, oder »Apotheke«, »Kolonialwaren« und in der Straßenbahn »Ausspucken verboten!« Ziemlich beunruhigt war ich dabei über ein Ladenschild, das in altertümlich verschnörkelter Schrift auf eine 𝕶𝖎𝖓𝖉𝖊𝖗𝖘𝖈𝖍𝖑𝖆𝖈𝖍𝖙𝖊𝖗𝖊𝖎 hinwies. Obwohl Mutter mich wie immer fest an die Hand nahm, und mir geduldig den winzigen Unterschied zwischen dem großen 𝕶 und dem 𝕽 erklärte, konnte ich eine Zeit lang nur mit heimlichem Grauen durch jene Straße gehen.

Gerda und Freundin Elke, Ostern 1938

Nachdem ich endlich ein Schulkind geworden war, wagte ich mich schon bald voller Selbstvertrauen an Erwachsenenlektüre. Obwohl dies sehr lange her ist, erinnere ich mich noch genau daran und auch, dass ich mir aus dem häuslichen Bücherregal die »Kleine Himmelskunde« von Gottfried H. Bürgel nahm. Das Buch stand auf dem drittuntersten Bord und damit gerade noch in Reichweite eines sechsjährigen Kindes. Außerdem war es fast so dick wie »Ein Kampf um Rom«, mit dem mein großer Bruder sich ziemlich wichtig tat.

Genau wie meine älteren Geschwister setzte ich mich an den Tisch, öffnete den Band, stellte die Ellenbogen auf und stützte den Kopf in beide Hände; meine Augen wanderten von Zeile zu Zeile. Vater, der mich so überraschte und vermutlich hocherfreut war über die frühe Hinwendung seiner jüngsten Tochter zur Wissenschaft, befragte mich – er war Lehrer! – sogleich über den Text. Dabei stellte sich heraus, dass ich die Buchstaben zwar gelesen und daraus auch Wörter gebildet hatte. Dass diese aber eine Bedeutung haben, dass sie untereinander in Beziehung stehen und dass ein Satz etwas aussagt, hatte ich noch nicht begriffen.

Kurz darauf erhielt ich mein erstes eigenes Buch. Es war die mit bunten Zeichnungen versehene gekürzte Fassung des Grimm'schen Märchens vom Froschkönig. Diesmal verstand ich alles, was ich las. Ich litt mit der jüngsten Königstochter und ekelte mich genau wie sie vor dem Frosch. Sogar ihre Wut konnte ich nachempfinden, als sie den Quälgeist voller Abscheu an die Wand warf. Unzählige Male las ich das Märchen, doch immer nur, bis aus dem garstigen Tier ein schöner Königssohn wurde, »ihr lieber Geselle und Gemahl.«

Deshalb war ich später recht erstaunt, dass zum »Froschkönig« auch die Geschichte vom treuen Heinrich gehört, der sich vor Kummer drei eiserne Bande um sein Herz hatte legen lassen.

Erst als Erwachsene begriff ich, welch bewegende Metapher hier aus wenigen schlichten Worten gebildet worden war! Kann in der deutschen Sprache tief empfundener seelischer Schmerz treffender beschrieben werden?

[1989/2006]

»Frühe Leseabenteuer« hieß die erste Fassung dieser Geschichte. Sie wurde von der Stadtbücherei Kiel ausgewählt für die Ausstellung »Erste Abenteuer im Lande des Lesens« (1990)

»'s ist Krieg! 's ist Krieg ...« [*]

Die abgehackte, furchterregende Stimme ist in allen Gärten der Kantstraße zu hören. Wie immer, wenn der »Führer« oder Doktor Goebbels sprechen, öffnet Frau R. ihre Küchentür und dreht den Volksempfänger dahinter auf volle Lautstärke.

Frauke und ich warten ungeduldig auf die Marschmusik, die gleich folgen wird. Über uns brummt ein Flugzeug. Wir legen die Köpfe in den Nacken und erkennen das schwarze Kreuz auf dem Rumpf.

»Damit fliegen wir nach England«, sagt Frau R., »denen werden wir es schon zeigen!«

An der Teppichstange hängt eine feldgraue Uniform zum Auslüften. Frauke verrät mit wichtiger Miene:

»Die braucht mein Vati bald!«

Es ist ein schöner sonniger Sonntag im September, und immer noch sind Sommerferien! Ich bin sieben Jahre alt, wir haben unsere Puppen nach

---

[*] Zitat nach einem Gedicht von Matthias Claudius

draußen geholt und sie in der kleinen Zinkwanne gebadet. Sorgfältig kleiden wir sie wieder an. Frauke leiht mir ihre Lisa; ich darf deren Zöpfe flechten. Zu Weihnachten wünsche ich mir auch eine Puppe mit langen Haaren.

Als im Radio die Marschmusik ertönt, hüpfen wir vergnügt mit unseren »Kindern« im Takt.

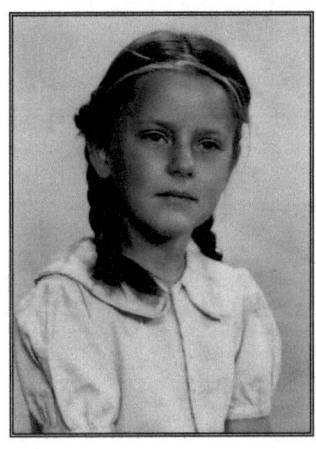

Gerda, 1939

Zu Hause empfangen die Eltern mich mit ernsten Gesichtern.

»Jetzt ist wirklich Krieg, Gerda«, sagt Mutter.

Ich kann mir unter Krieg nichts vorstellen. Doch ich weiß, dass alle in der Familie sich vor ihm fürchten. Die Erwachsenen sprechen seit langem von nichts anderem. Einmal glaubten sie schon, es sei so weit. Aber dann kam der Engländer mit dem Regenschirm, über den viele Leute sich lustig machten, und Vater sagte:

»Diesmal ist es noch glimpflich abgelaufen. Aber die Gefahr ist nicht vorüber!«

Bald nach jenem Septembertag wird Fraukes Vater zur Wehrmacht eingezogen.

Was Krieg bedeuten kann, erfahre ich wenig später während der Bombenangriffe auf meine Heimatstadt Kiel.

[1989]

Gerda mit ihren Eltern, Sommer 1939

Das erste Kriegsjahr

Vieles ist anders als sonst. Wir dürfen nicht nur, sondern wir müssen sogar nachts aufstehen – nachts, wenn alles dunkel ist und Kinder eigentlich schlafen sollten! Abends legen wir unseren Trainingsanzug bereit, den wir beim Alarm ganz schnell über unser Nachthemd ziehen. Meistens sind Anna und ich schon beim ersten An- und Abschwellen des Sirenensignals wach, denn in unserem Zimmer unter dem Dach ist das Geheul besonders laut zu hören. Trotzdem öffnet Mutter jedes Mal die Tür zur Bodentreppe und ruft hinauf:

»Anna und Gerda! Aufstehen! Fliegeralarm!«

Unten im Heizungskeller treffen wir uns alle wieder: Vater, Mutter, Tante Hanna und Fritz, der häufig eine Extraaufforderung braucht, weil er einen so tiefen Schlaf hat. Im Sommer vertreiben wir uns dann die Zeit, indem wir Mutter helfen beim nächtlichen Erbsenpalen oder Bohnenabziehen oder beim Abnippeln der Stachelbeeren. Nur Fritz, der ja immer so müde ist, darf auf dem auseinandergezogenen Ziehharmonikabett weiterschlafen. Manchmal stehen wir auch in der zum Garten geöffneten Kellertür und Vater erklärt uns die Sternbilder. Oder wir beobachten am dunklen Himmel das Spiel der suchenden und sich kreuzenden Scheinwerferstreifen. Das helle Bellen der leichten Flak hallt von den Hausmauern des Hohenstaufenrings wider. Wenn die schwere Flak mit ihrem Dröhnen einsetzt, hoppeln die Kaninchen in ihren Ställen neben der äußeren Kellertreppe hin und her und trommeln vor Angst mit den Hinterläufen auf den Boden. Von Zeit zu Zeit rufen Mutter oder Tante Hanna:

»Nun kommt endlich wieder rein! Johann, denk doch an die Kinder!«

Ich finde es schön, dass in diesen Stunden die Erwachsenen so viel Zeit für uns haben. Wenn der lang gezogene Ton der Entwarnungssirene verklungen ist, sucht Fritz vorn auf dem Fußweg nach den schartigen Splittern der detonierten Flakgranaten. Einige fühlen sich noch ganz warm an. – Morgens brauchen wir erst eine Stunde später zur Schule.

Gleich bei Kriegsbeginn müssen alle Fenster durch dichte Rollos abgedunkelt werden. Passende Verdunkelungen für unsere Dachfenster gibt es nicht.

Mutter hat schwarze Stoffbahnen mehrfach zusammengesteppt und mit Ösen versehen. Die hängen wir abends vor das Mansardenfenster und die Dachluke. Die Luke auf dem Vorboden bleibt unverhängt. Deshalb dürfen wir dort auch kein Licht anknipsen. Wenn ich im Dunkeln allein die unbeleuchtete Bodentreppe hinaufgehen muss, klopft mir das Herz vor Angst bis zum Hals: Könnten nicht überall unter den Dachschrägen Ungeheuer lauern? Den Vorboden durchquere ich im Laufschritt und bin dabei auf das Schrecklichste gefasst. Erst hinter der Zimmertür und im Hellen fühle ich mich für diesmal gerettet.

Eines Morgens tauchen Lastwagen in der Kantstraße auf. Soldaten springen heraus und holen zweimeterlange Balken von der Ladefläche. Diese Stempel klemmen sie in den Heizungskellern als Abstützung zwischen Steinfußboden und Decke. Unser Kohlenhaufen in der Ecke wird mit zwei Holzwänden verkleidet. Statt der Lattentür mit dem einfachen Hakengriff erhalten wir jetzt eine doppelwandige Holztür, mit der man den Luftschutzkeller von außen und innen mit Hebelverschlüssen fest verriegeln kann. Diese Tür klappert selbst bei näheren Detonationen kaum noch. Im Keller sieht es richtig gemütlich aus.

Käthchen, ihre kleine Schwester Dorit und ich beobachten die bei ihrer Arbeit vor sich hin pfeifenden Soldaten. Käthchen redet mit ihnen. Ich stehe nur stumm dabei, obwohl ich schon sieben bin, also zwei Jahre älter. Vor den uniformierten Fremden mit dem Ärmelabzeichen »Organisation Todt« – ich lese »Tod!« – habe ich ein wenig Angst. Als sie mit ihrer Arbeit in der Kantstraße fertig sind, klettern sie zurück auf den Lastwagen.

Käthchen und Dorit

»Wir kommen bald wieder«, versprechen sie

und singen, während der Wagen anfährt, das Marschlied: »So, wie mein blondes Käthchen, so küsst kein andres Mädchen ...«

Oh, wie ich Käthchen beneide!

Aber sie kommen nicht wieder, sondern nach wenigen Tagen erscheint ein anderer Trupp. Diese Männer schleppen drei schwere Betonquader in den Vorgarten. Mutter bangt um Vaters Mandelbäumchen, das mitten auf dem Rasen steht. Die Quader legen sie aufeinander vor das Kellerfenster als Splitterschutz. Anschließend malen sie mit weißer Farbe auf die Hausmauer LSR und einen Pfeil nach unten. Im Kellerflur schlagen sie mit Spitzhacken ein etwa ein Meter hohes und fünfzig Zentimeter breites Loch in die Wand zu unseren Nachbarn. Mit den herausgehauenen Steinen wird die Öffnung provisorisch wieder verschlossen. Falls wir verschüttet werden, können wir durch dieses Loch in den Nachbarkeller kriechen.

»Kommt ihr morgen wieder?«, fragen Käthchen und Dorit die Soldaten. Sie schütteln den Kopf, aber beim Abschied singen sie das Lied: »Gerda, Gerda, Ursula, Marie, Marie ...«

Dauernd passiert etwas Unerwartetes. Spielfreund Helmut, der einzige gleichaltrige Junge in unserer

Straße, berichtet aufgeregt von einem Fesselballon hinter der Langenbeckstraße. Wir Kinder laufen hin und beobachten, wie das Gelände eingezäunt und eine Militärbaracke errichtet wird. Als wir das nächste Mal wieder dort sind, schwebt das riesige, an ein Luftschiff erinnernde Ungetüm schon hoch über den Bäumen des Hasseldieksdammer Wegs. Wir legen den Kopf in den Nacken und schauen nach oben. Der Ballon wird vom Wind leicht hin- und herbewegt und zerrt an seinen Seilen. Ein Soldat mit geschultertem Gewehr steht Posten. Wir Kinder haben uns vor dem Drahtzaun versammelt.

»Und wenn der Tommy kommt ...«, fragen wir den Mann auf der anderen Seite, »kann er hier auch bestimmt nicht durch?«

Eines Mittags sehen wir auf dem Nachhauseweg von der Schule, dass Bagger in den Gärten Ecke Langenbeckstraße und Hohenstaufenring eine riesige, rechteckige Grube ausgehoben haben. Sie wird auszementiert und später mit Wasser aus dem Hydranten gefüllt. Ein rotweißes Schild verkündet: FEUERLÖSCHTEICH.

Alle Einwohner werden aufgefordert, ihre Dachböden zu entrümpeln, damit Brandbomben dort möglichst wenig Nahrung finden. In den Abseiten neben Annas und meinem Zimmer lagern gebündelte Zeitungsjahrgänge und Leitzordner mit Briefen. Vor allem diese Papiere müssen schleunigst verschwinden, bevor die Luftschutzpolizei zum Kontrollieren kommt. Hier oben muss jetzt auch ein gefüllter Wassereimer stehen und daneben eine Feuerpatsche. Später erscheinen Handwerker und besprühen die Dachbalken und -pfannen von innen mit einer weißen Farbe. Das sieht hübsch aus.

Fraukes Mutter ist beim Roten Kreuz. Wenn sie zum Dienst geht, trägt sie den grauen Lodenmantel mit Kapuze und weißroter Armbinde. Fraukes Vater ist Reserveoffizier und wurde gleich bei Kriegsbeginn einberufen. Jetzt tut er irgendwo Dienst in der Etappe. Vorsorglich haben Fraukes Eltern in ihrem Reihenhaus die Küche in den Keller verlegt, und aus der ehemaligen Küche wurde das Wohnzimmer. Dort hängt jetzt auch das Führerbild. Eines der oberen Zimmer haben sie vermietet. Nun brauchen sie bei Fliegeralarm nur eine Treppe hinunter in ihre gemütliche Kellerküche zu laufen.

Mehrere Männer aus der Nachbarschaft sind inzwischen eingezogen worden, auch Elkes Vater. Ich mag ihn gern. Er ist Vertreter für Sprengel-Schokolade und immer freundlich. Im Wohnzimmer-Büfett verwahrt er einen kleinen Schokoladenvorrat. Als die Eltern einmal nicht da sind, schließt Elke die Glastür auf und zeigt mir das Versteck. Etwas anderes zeigt sie mir auch. Das ist im Schlafzimmer. Sie zieht eine Nachttischschublade neben dem elterlichen Doppelbett auf und sagt:

»Guck mal, Gerda!«

Ich weiß nicht, was das sein könnte.

Elke flüstert mir ins Ohr:

»Das ist, damit man keine Kinder kriegt!«

Sie und ihr kleiner Bruder kriegen aber trotzdem noch zwei weitere Geschwister.

In unserer Straße gibt es nur drei Autos. Das sind die Taxen von Herrn Lenz und Herrn Lüthje, das dritte Auto gehört Elkes Vater. Aber das wird bald für Kriegszwecke beschlagnahmt, und als Soldat braucht er es dann sowieso nicht mehr. Die Scheinwerfer der Wagen müssen mit schwarzer Farbe angemalt werden. Jetzt fällt das Licht nur noch durch einen kleinen waagerechten Schlitz.

Auch die Gaslaternen der Straßenbeleuchtung werden schwarz angemalt oder überhaupt nicht mehr angezündet Abends ist es draußen bei bewölktem Himmel stockdunkel. Wie die meisten Passanten haben wir eine kleine Phosphorplakette an unseren Mantel gesteckt, die wie ein Glüh-würmchen leuchtet.

Einmal, als wir am frühen Abend Besuch haben und Vater wie üblich temperamentvoll auf die Nazis schimpft, klopft jemand energisch von außen an unser Wohnzimmerfenster. Alle sind starr vor Schreck! Zu unserer Erleichterung hören wir aber nur:

»Licht aus!«

Es ist der übereifrige Luftschutzblockwart. Das Verdunkelungsrollo steht heute etwas von der Wand ab, und ein schmaler Lichtstreifen fällt in den Vorgarten.

1939 haben wir nur dreimal Fliegeralarm, danach ist ein halbes Jahr Ruhe. Aber ab Mitte Juni 1940 bis zum Jahresende müssen wir fast jede Nacht unseren Luftschutzkeller aufsuchen. Oft haben wir uns nach der Entwarnung gerade ins Bett gelegt, als wir schon wieder aufgeschreckt werden durch die Sirenen: In einigen Nächten laufen wir dreimal die Treppen hinunter und hinauf! Fritz redet wirres Zeug und weiß gar nicht, was los ist.

»Er schlafwandelt«, sagt Tante Hanna, »der arme Junge!«

Mein großer Bruder ist fünfzehn und schreibt

heimlich Gedichte.

Viele Frauen tragen aus praktischen Gründen die Haare hochgesteckt. »Entwarnungsfrisur« nennt man diese Frisur (alle nach oben!). Überall muss man nach den rationierten Lebensmitteln und Bedarfsartikeln »anstehen«. Anna und ich werden zum Einkaufen geschickt oder lösen Mutter beim Schlangestehen ab. »Werdende Mütter« dürfen an den anderen vorbei nach vorn gehen. Elke hat mir erzählt, dass die Babys bei der Mutter im Bauch wachsen. Von nun an beobachte ich Mutter sehr genau.

Am 02. Juli 1940 gibt es in Kiel den ersten Großangriff. In unserem Viertel ist bisher noch nicht viel passiert. Jetzt hören wir voller Angst zum ersten Mal das blitzartig anschwellende Glissando der Bomben.

»Diese Bomben können uns nicht mehr treffen«, beruhigt Vater uns. »Außerdem zielen die Engländer hauptsächlich auf den Bahnhof und die Werften und natürlich auf die Militäranlagen. Aber die sind ja nicht in unserer Gegend.«

Für uns Kinder gehört das nächtliche Aufstehen zum normalen Leben. Mit Elke, Frauke und Ruth gehe ich morgens – je nach Alarmdauer – erst zur zweiten oder dritten Unterrichtsstunde. Im Winter findet dann wegen strenger Kälte und Kohlen-knappheit ohnehin ein verkürzter Unterricht statt, bis er im Januar 1941 vorübergehend ganz ausfällt.

Einmal spielen Frauke und ich in ihrem Küchen-wohnzimmer. Es ist zu Beginn der Sommerferien, bei Regenwetter haben wir unsere alten Schulhefte hervorgeholt. Zwischen deren umgeknickten Seiten bewahren wir unsere Oblaten auf. Eifrig sind wir mit Vergleichen und Tauschen beschäftigt, als aus dem Volksempfänger auf dem Wandbord eine Männerstimme ertönt:

»Für die Klasse 3a der 11. Mädchenvolksschule beginnt am Montag wieder der Unterricht. Die Sommerferien sind verkürzt worden.«

Klasse 3a – das sind doch wir! Aufgeregt laufen wir in die Kellerküche zu Fraukes Mutter.

»Das war bestimmt Bernhard«, versucht sie uns zu beruhigen. Bernhard ist Fraukes acht Jahre älterer Bruder.

»Aber das kam doch aus dem Radio!«, beharren wir und beginnen zu weinen, als wir daran denken, dass die schöne Ferienzeit schon wieder vorüber ist.

Radiobastler Bernhard wird tüchtig ausge-schimpft, weil er uns so erschreckt hat. Trotzdem habe ich ein schlechtes Gewissen, als ich am Montag nicht zur Schule gehe. Die Erwachsenen behaupten zwar, die Radiostimme sei Bernhard gewesen, aber wirklich glauben kann ich es nicht. Ich weiß sowieso nie, was stimmt. Vater sagt: »In den Nachrichten wird nur gelogen!«

Meine Eltern hören gar kein Radio mehr – bis auf das »Wunschkonzert« am Sonntagvormittag. Dann tanze ich im Wohnzimmer. Aber nur, wenn niemand zusieht. Ich wünsche mir einen ganz weiten Rock, der beim Drehen wie ein Teller um mich herumfliegt.

[1994]

Anna, Gerda, Fritz, 1941

Christa

Dies alles liegt lange zurück, um genau zu sein, ich spreche von rund elf Monaten ab Frühsommer 1940. Wegen ständiger Fliegeralarme in Kiel waren bereits viele Kinder von ihren Eltern bei Verwandten auf dem Lande untergebracht worden, um dort die Schule zu besuchen. Meine Eltern zögerten noch, mich wegzugeben.

Mit den kleineren, nicht schulpflichtigen Kindern aus unserer Straße hatte ich keine Lust zu spielen, denn ich war immerhin schon acht. Ich langweilte mich unsäglich, saß auf der Schaukel, ohne zu schaukeln, oder ich stellte meinen Kinderkorbstuhl vor den Kaninchenstall und beobachtete stundenlang die Tiere, die genauso stumpfsinnig wie ich herumhockten. Es kann sein, dass ich damals sogar die nächtlichen Alarme als willkommene Abwechslung betrachtete.

Christa war ein Geschenk des Himmels! Eines Tages klingelte sie an unserer Haustür, lächelte mich an und sagte:

»Ich heiße Christa. Wir sind neu in der Kantstraße. Wollen wir Freundinnen sein?«

Das war unglaublich! Ein Mädchen wagte so genau zu sagen, was es wollte? Vom ersten Augenblick an bewunderte ich sie vorbehaltlos. Sie unterschied sich so völlig von uns – allein schon durch ihre dunkelbraunen Haare! Wir anderen Kinder waren alle von einem nicht eindeutigen, faden Blond. Bei ihr ringelten sich die Schwänze unterhalb der Zopfspangen zu hübschen Locken, während sie bei mir wie abgenutzte Rasierpinsel aussahen. Sie sprach anders als wir – sie kam aus Dresden – und gebrauchte dabei mühelos schwierige Erwachsenenwörter. Und sie hatte braune Augen! Das empfanden wir damals als etwas ganz Ungewöhnliches. Braune Augen lügen, hieß es unter uns Kindern. Aber das war natürlich, bevor Christa auftauchte.

Wenn es sich auch nur um ein knappes Jahr handelte, bis sie mit ihren Eltern wieder zurück nach Dresden zog, kann ich die Zeit mit ihr nie vergessen. Ich hatte bisher nicht besonders gern mit Puppen gespielt. Doch Christa ging mit ihnen um, als wären sie lebendig. Sie besaß zwei – sogar mit Zöpfen! –, eine blonde und eine braune. Die hatten Schuhe und Strümpfe an und konnten stehen! Christa lieh mir die braune, und wir spielten mit ihnen immer wieder das Märchen von Schneeweißchen und Rosenrot oder ein selbst erdachtes Theaterstück, in welchem mein geliebter Teddy den bösen Zauberer darstellen musste.

Christa und Gerda, 1940

Meine neue Freundin hatte keine Geschwister und genoss daher alle Privilegien eines Einzelkindes. So durfte sie die Ballettschule Nordmark besuchen, sie hatte Klavierunterricht, und ihre Eltern nahmen sie einige Male mit ins Stadttheater zu einer Operettenvorstellung. Hin und wieder musizierten wir auch zusammen, dann begleitete sie auf dem Klavier mein dilettantisches Blockflötenspiel. Ihre Eltern – der Vater war Ingenieur, die Mutter ein hübsche, damals sehr junge Frau – hatten die beiden Zimmer im Erdgeschoss eines Reihenhauses uns schräg gegenüber gemietet. In dem Zimmer, das bei uns die »Wohnstube« war, standen bei ihnen dicht gedrängt ein großer Flügel und die Schlafzimmermöbel.

Christa kam gern in unser Haus, sie schien sich wohlzufühlen in unserer Familie. Zu jener Zeit gab es etwas, was ich gar nicht mochte, und zwar mit den Eltern und Geschwistern in den Pachtgarten zu gehen. Er lag in dem Kleingartengebiet »Alte Weide« – dort, wo sich jetzt ein ausgedehntes Gewerbegebiet befindet. Christa fragte, ob sie mitdürfe und plötzlich war alles ganz anders. Wir spielten Wochenmarkt und bauten Marktstände im Puppenmaßstab auf: Ausgepulte Erbsen waren Äpfel, Grashalme Porree, grüne Bohnen Gurken und kleine runde Steine Kartoffeln. Das Unangenehmste war bisher für mich immer gewesen, den schäbigen alten Blockwagen den etwa halbstündigen Fußweg nach Hause zu ziehen. Christa überlegte nur kurz, dann schlug sie vor:

»Weißt du was? Wir spielen Erntedankfest!«

Vater packte den riesigen Kürbis, die Kartoffeln und Tomaten in den Wagen, und meine Freundin pflückte einen Armvoll Spätsommerblumen, die sie zwischen das Gemüse steckte. Danach knotete sie die Ranken weiß blühender Ackerwinden an den Enden zusammen und legte sie mir und sich selbst als Kranz aufs Haar. Mir war es etwas peinlich, so durch die Stadt zu gehen, aber Christa erklärte:

»Die Leute müssen doch sofort sehen, dass wir einen Festwagen ziehen!«

Meine Freundin besaß tatsächlich eine lebhafte Fantasie, und sie war es auch, die um die Weihnachtszeit auf eine ungewöhnliche Idee kam. Wir beide spielten gern mit unseren Stallkaninchen. Oft half sie mir auch, das Grünfutter für die Tiere zu suchen.

»Ich bin ganz traurig«, sagte sie eines Tages, »dass die Kaninchen so gar nichts von der schönen Adventszeit haben! Alle feiern und sind fröhlich, dass der Herr Jesus Christus Geburtstag hat« (ja, so sprach sie wirklich!), »und die armen Tiere können sich nicht einmal an einem Adventskranz erfreuen!«

In jenem Jahr hatten wir drei Ställe, in denen

die zusätzliche Fleischration für unsere Familie gehalten wurde. Wir beschlossen, ausnahmslos allen Tieren eine Weihnachtsfreude zu bereiten, auch dem weißen Bock mit den roten Augen, den ich nicht leiden mochte.

Als wir dann allerdings an die Ausführung unserer guten Tat gingen, erwies es sich als ziemlich mühselig, die Tannenzweige zu passenden kleinen Kränzen zu biegen und zusammenzubinden. Doch wir malten uns dabei die Freude der armen Kaninchen aus und dann schafften wir es. Zum Schluss verzierten wir unsere Arbeiten noch mit winzigen roten Schleifen. Leider mussten wir schweren Herzens darauf verzichten, Kerzen aufzustecken. Aber würden sie nicht auch so merken, dass der Heiligabend naht?

Endlich waren alle Vorbereitungen erledigt. Mit einer Heftzwecke befestigten Christa und ich in jedem Stall einen wunderschönen Kaninchenadventskranz. Danach blickten wir klopfenden Herzens abwartend durch den Draht der wieder geschlossenen Stalltüren. Und wie die Tiere sich freuten! Jedenfalls anfangs. Neugierig hoppelten sie zu dem Grün in der Stallecke und begannen, ausgiebig daran zu schnuppern. Doch gleich darauf rannten sie wie von der Tarantel gestochen im engen Stall herum! Ja …, hätten wir denn damit rechnen müssen, dass sie so gar keinen Sinn für weihnachtliches Brauchtum haben, sondern immer nur ans Fressen denken? Enttäuscht und etwas gekränkt nahmen wir die Kränze wieder heraus.

Vermutlich wegen dieser Kaninchenadventskränze denke ich besonders in der Weihnachtszeit oft an Christa, an meine wunderbare Spielkameradin für ein Jahr – glücklicherweise kann in der Kindheit ein Jahr sehr lang sein. Sie blieb meine unvergessene Freundin, mit der ich einige Zeit noch Briefe und Postkarten tauschte. Sie lerne jetzt Russisch, schrieb sie in ihrem letzten Brief aus Dresden, denn ihr Vater werde voraussichtlich in den Osten versetzt und sie und ihre Mutter würden mitgehen. Danach brach unser Kontakt ab.

Nach dem Krieg schrieb ich an ihre alte Dresdner Adresse. Doch meine Post kam zurück, die Straße gab es nicht mehr: Im Februar 1945 war die Stadt durch Bomben zerstört worden, hunderttausende Zivilisten starben. Auch meine später gestellte Suchanfrage beim Deutschen Roten Kreuz blieb ergebnislos. Hätte Christa den Krieg überlebt, hätte sie sich bestimmt bei mir gemeldet. Das ist etwas, worüber ich mir vollkommen sicher bin.

[1994/2007]

Schreibversuche

Beim Aufräumen stieß ich vor einiger Zeit auf das erste Schulheft unseres Sohnes, in dem vor vielen Jahren seine schriftlichen Eintragungen als Erstklässler festgehalten wurden.

Während ich in dem Heft blätterte, wanderten meine Gedanken zurück zu meinen eigenen ersten Schreibversuchen, die weitaus vergänglicher ausfielen. Denn in meiner Kindheit erlernten Schulkinder das Schreiben auf einer Schiefertafel – ein praktisches und sparsames (heute würde es heißen: umweltfreundliches) Lernmittel: Nicht mehr Benötigtes wurde fortgewischt, um Platz zu machen für den aktuellen Unterrichtsstoff. Bei den Osterküken, wie die Sechsjährigen wegen des Schulbeginns im Frühjahr liebevoll-herablassend genannt wurden, glänzte die von einem Holzrahmen mit abgerundeten Ecken eingefasste Tafel noch schwarz. Später nahm sie einen eher grauen Ton an, vor allem, wenn es sich um ein Erbstück der älteren Geschwister handelte. Die Vorderseite war mit Linien versehen, und zwar für eine Schreibreihe jeweils vier übereinander: die mittleren Linien für die einzeiligen kleinen Buchstaben und die beiden anderen für diejenigen mit Ober- und Unterlängen sowie die Großbuchstaben. Auf der Tafelrückseite mit Kästchenmuster rechneten wir. Die zerbrechlichen hellgrauen Griffel lagerten in einem hölzernen Kasten, dessen Deckel auf- und zuzuschieben war. Die teuren weißen »Milchgriffel« waren wegen ihrer Holzummantelung etwas stabiler und daher von uns sehr begehrt. Zum Säubern der Tafel benutzten wir einen porösen braunroten oder grünen, feucht zu haltenden Schwamm, der in einer Blechdose verwahrt wurde. Nach dem Öffnen entströmte ihr ein unangenehm muffiger Geruch, an den ich mich auch heute noch erinnere – genau wie an das kratzende und manchmal quietschende Geräusch, das die Griffel beim Schreiben verursachten.

Einmal hatte unsere ältliche Lehrerin uns aufgetragen:

»Bis morgen schreibt ihr die Tafel mit dem kleinen i voll!«

Als ich an jenem Tag zur üblichen Zeit meine Freundin Frauke zum Spielen abholen wollte, saß sie mit vor Eifer hochrotem Kopf immer noch an dieser Hausaufgabe. Erstaunt betrachtete ich die vielen Reihen ihrer unzähligen kleinen i und erklärte:

»Ich hab die kleinen **i** viel größer geschrieben, mit drei Stück war meine Tafel voll!«

Diese Geschichte gab mein Vater damals gern zum Besten. Warum die Erwachsenen darüber lachten, habe ich erst später verstanden.

Freundin Frauke und Gerda, ca. 1940

Ein anderes Mal hockten wir Freundinnen gemeinsam ratlos und entmutigt über unseren Schulaufgaben. Fraukes Mutter hatte uns helfen wollen, das neu erlernte kleine **p** zu schreiben. Denn wir hatten vergessen, ob bei diesem komplizierten Buchstaben der Aufstrich in einen Rechts- oder Linksbogen überging. Sie zeigte es uns nun so, wie sie es zu ihrer Zeit gelernt hatte, und das war, bevor Herr Sütterlin die deutsche Schreibschrift reformierte. Anschließend waren wir jedoch erst recht verunsichert. Nur eines wussten wir bestimmt: Unser **p** hatte irgendwie anders ausgesehen! Schließlich mussten wir Fraukes älteren Bruder um Rat fragen – zähneknirschend, denn er ließ uns gern wissen, wie klein und dumm wir noch waren.

Der nächste wichtige Schritt für ein Schulkind bedeutete, in ein Heft zu schreiben, vorerst allerdings nur mit Bleistift, denn der Umgang mit Federhalter und Tinte erforderte eine mit der Schrift vertraute, ruhige Hand.

Die dünnflüssige, lila schimmernde und oft mit grünen Schlieren durchzogene Flüssigkeit befand sich in einem Fässchen, das in jedes Schulpult eingebaut war. Obwohl der Behälter einen blechernen Klappdeckel besaß, trocknete die Tinte im Laufe der Zeit ein. Manchmal hatten freche Schüler auch Löschpapier hineingestopft, dessen Fussel nun an der Feder haften blieben. Mit einem ledernen Federwischer, der zur unverzichtbaren Ausrüstung eines Schulkindes gehörte, musste sie anschließend mühsam wieder gesäubert werden.

Leider verfärbten sich dabei unweigerlich die Hände, und zu Hause gelang es Mutter nur unter energischem Einsatz von Bimsstein, ATA und Zitrone, die ärgsten Tintenspuren zu beseitigen. Gefährlich wurde es, wenn der Hausmeister die Fässchen gerade nachgefüllt hatte. Tunkten wir dann wie gewohnt tief ein und begannen gleich zu schreiben, statt die überflüssige Tinte vorsichtig von der Feder abzustreichen oder aufs Löschblatt zu schütteln, gab es einen hässlichen Tintenfleck, und wir durften uns auf einen Tadel oder eine schlechtere Zensur gefasst machen.

Ein Federwischer sollte mir in der Sexta übrigens zum Verhängnis werden und zu einem nur allmählich überwundenen Trauma führen. Unsere Lehrerin war eine strenge, hagere Frau mit hellrotem Haar, das in der Mitte gescheitelt war und dort bereits weiß schimmerte. Wir hatten zur Deutschstunde jeder ein Lesezeichen mitbringen sollen und wurden nun aufgefordert, es zu Kontrollzwecken hochzuhalten. Ich hatte meines vergessen und hielt statt dessen den Federwischer in die Luft, in der verzweifelten Hoffnung, bei einem Wald von vierundvierzig Lesezeichen würde dies vielleicht nicht auffallen. Doch weit gefehlt! Fräulein Gnutzmanns scharfem Blick entging nichts!

»Gerda, was ist das?«, fragte sie mit schneidender Stimme.

»Mein Lesezeichen«, antwortete ich tollkühn und versuchte dabei, betont unschuldig auszusehen.

»Das ist doch ein Federwischer! Du hast versucht, mich zu betrügen. Und nun lügst du auch noch! Pfui!«

Dies bedeutete das Ende meiner Karriere als gute Aufsatzschreiberin und führte im nächsten Zeugnis sogar zu einem pädagogischen »Ausreichend« im Fach Deutsch. Wirklich getroffen hatte mich Zehnjährige jedoch, Lügnerin genannt zu werden, zumal der erste Vers eines meiner Lieblingsgedichte lautete:

Vor allem eins, mein Kind:
Sei treu und wahr,
lass nie die Lüge deinen Mund entweihn!
Von alters her im deutschen Volke war
der höchste Ruhm,
getreu und wahr zu sein.

In der nun folgenden Zeit vermochte ich jenes

Gedicht von Robert Reinick nie ohne heftiges Erröten und Herzklopfen zu hören. Mich bedrückte der Gedanke, mein Mund sei auf ewig durch eine Lüge entweiht. Und dies vermutlich auch noch sichtbar für jedermann!

Ich war das jüngste von drei Kindern. Daher bedeutete mein erstes Schulheft für die Eltern keine Sensation mehr und wurde natürlich auch nicht aufbewahrt. Vielmehr nehme ich an, dass meine vollgeschriebenen Hefte, bevor sie schließlich zum Feueranmachen im Ofen verschwanden, als Sammelalben für die heiß geliebten Oblaten dienten. Die einzelnen Heftseiten wurden dafür der Länge nach in der Mitte umgeknickt und in diese Fächer die glänzenden, bunten Bildchen gelegt. Glücklich zu preisende Mädchen besaßen mehrere Hefte mit Oblaten, jedes mit anderem Inhalt: In einem steckten lauter Rosenbilder, im nächsten nur Engel und im dritten vielleicht Abbildungen der verschiedensten Tiere. Beim gegenseitigen Tauschen der Oblaten war es immer wieder aufregend zu entdecken, was nach dem bewusst langsamen Aufklappen der gefalteten Seiten zum Vorschein kam.

Eher durch Zufall blieben zwei meiner Schulhefte mit Hausaufsätzen aus den Jahren 1946 und

1947 dennoch erhalten. Die Arbeiten trugen für Schüler in dem durch Bomben zu fünfundachtzig Prozent zerstörten Kiel gegenwartsnahe Titel wie »Eine Wohnung wird wieder hergerichtet« oder »Ruinen im Herbst.«. Zu Letzterem schrieb ich ein poetisches Stimmungsbild über ein Spinnennetz.

Für die Nachwelt konserviert wurden in einem gesonderten Bändchen auch meine frühesten im Alter von vierzehn Jahren auf Veranlassung unserer weit vorausschauenden Deutschlehrerin Fräulein Dr. Coenen verfassten Memoiren: »Dinge, die Erinnerungen in mir wecken.«

Sogar mein erstes, als Achtjährige im zweiten Kriegsjahr geschriebenes »Gedicht« mit dem anspruchsvollen Titel »Kummer« fand ich kürzlich wieder. Der Achtzeiler beginnt:

Stundenlang vergoss ich Tränen,
dann tuteten die Sirenen.
Da machte ich fix,
denn ich war noch in der Unterbüx ...

Ich entsinne mich, dass meine Eltern und auch Tante Hanna den Reim »Unterbüx» auf »fix« genial fanden und mir eine literarische Zukunft voraussagten. Hieran zu arbeiten begann ich allerdings erst als Seniorin, in einem Alter also, in dem für die Zukunft immer weniger Raum bleibt. Aber vielleicht gilt für eine literarische Zukunft ein anderes Zeitmaß?

[2001]

Erstdruck unter dem Titel »Schiefertafel – Griffel – Schreibheft« in »Jahrbuch für Schleswig-Holstein – Heimatkalender 2003«, Möller-Verlag, Rendsburg 2002

Mal hier – mal dort

Nach den schweren Bombenangriffen im März und April 1941 findet in Kiel ein Schulunterricht nicht mehr statt. Schüler ab vierzehn Jahren werden von der Kinderlandverschickung (KLV) erfasst und innerhalb ihrer Klassenverbände evakuiert. So ist Anna seit kurzem in einem KLV-Lager in Sellin auf Rügen und Fritz in Bansin auf Usedom. Wir jüngeren Kinder finden nach und nach Unterschlupf bei Familien auf dem Lande. Meine Freundin Frauke schreibt mir schon eine tapfer klingende Ansichtskarte aus Niederbayern, wo sie zur Schule geht, Ruth lebt inzwischen irgendwo im Ostholsteinischen und Elke ist auch nicht mehr da.

Schließlich verfrachten Mutter und Vater mich nach Flensburg, wo bisher noch keine Bomben gefallen sind. Hier lebe ich einige Wochen bei Tante Agnes und Onkel Rudi im Ostseebadweg und besuche auch eine Schule in der Nähe. Doch ich beteilige mich kaum am Unterricht, denn bei dem hier nach wie vor normalen, durch Fliegeralarme ungestörten Schulbetrieb sind die Kinder im Stoff schon viel weiter vorangekommen. Die

Lehrer und Mitschülerinnen bleiben mir fremd.

Tante Agnes ist eine Freundin meiner Patentante Gretchen. Onkel Rudi ist Kraftwerksdirektor und eine Ehrfurcht gebietende Persönlichkeit. In der Villa liegen echte Teppiche, schwere Polstermöbel stehen herum, und über allem hängt ein Hauch Zigarrenduft. Die Kristallgläser, das Porzellan mit Goldrand und die Stille im Haus schüchtern mich ein. Tochter Ria ist schon fünfzehn und hat natürlich gleichaltrige Freundinnen.

In den Sommerferien ziehe ich für vierzehn Tage vom Ostseebadweg zum Südergraben, wo Tante Marianne (Vaters Schwester) mit Hannele, Ulli und dem kleinen Gerd wohnen; Onkel Ernst ist Soldat im besetzten Frankreich. Bei meinen Verwandten fühle ich mich gleich viel freier. Wir Kinder spielen miteinander und gehen gemeinsam zum Baden, mein Badeanzug ist jedoch in Kiel. Inzwischen spreche ich das scharfe Flensburger S:

»Hannele ssagt, ich ssoll gerne ihre Turnhosse anziehen.«

Zwei schöne sonnige Augustwochen verlebe ich danach mit Mutter und Vater in Sellin auf Rügen, wo wir ein paarmal Anna sehen dürfen, deren KLV-Lager dort in einem ehemaligen Hotel untergebracht ist. Diese vierzehn Tage sind herrlich!

Wir wohnen in einer kleinen Pension und können nachts ohne Alarm durchschlafen.

Gerda in Sellin, 1941

Um unseren gemieteten Strandkorb haben Vater und ich einen Wall geschaufelt. In dieser »Burg« hören wir sonntagvormittags die verwehenden Klänge des Kurkonzerts. Auf der Promenade spaziert der Fotograf mit einem »Eisbären« herum. Ich bitte solange, bis Vater mir erlaubt, mich mit ihm fotografieren zu lassen. Einmal unternehmen wir eine Dampferfahrt zur Stubbenkammer. Zuerst finde ich es spannend, aber dann beginnt das Schiff sehr heftig zu stampfen, und ich stehe schreckliche Angst aus.

Ich erinnere mich an ein Frühstück auf dem hölzernen Balkon unseres Pensionszimmers. Es ist frühmorgens und vollkommen windstill. Über der unter uns liegenden Wiese, die von dunklen Tannen umgrenzt wird, schweben noch weiße Nebelbänke. Zum ersten Mal beobachte ich bewusst, wie der Nebel sich langsam hebt und dann zögernd die Sonne durchbricht.

Danach wohne ich für einige Zeit wieder zu Hause in Kiel. Aber für mich ist es langweilig geworden in unserer Straße – meine Freundinnen und sogar die Schule fehlen mir. In diesem September gibt es einundzwanzig Mal Fliegeralarm, und zwar tags und nachts. Ich kann nichts dagegen tun, dass ich beim Heulen der Bomben zusammenzucke und mich unwillkürlich ganz klein mache. Aber am Wochenende fahren wir häufig nach Heidkate, wo wir in dem Tannenwäldchen hinter dem flachen Deich und den Salzwiesen ein hölzernes Ferienhäuschen gemietet haben.

Hier sind noch nie Bomben gefallen. Nachts beobachten wir die Luftangriffe auf Kiel und sehen die Suchscheinwerfer und die Leuchtspurmunition der Flak. Wir hören den dumpfen Lärm der Detonationen; manchmal sieht der Himmel über der Stadt rot aus von den vielen Bränden.

Ab Mitte Oktober lebe ich in der Familie von Tante Hannas Freundin Else. Sie wohnt in Beschendorf im Schulgebäude, ihr Mann ist dort Hauptlehrer an der zweiklassigen Schule. Onkel Hans hat im letzten Krieg ein Bein verloren und oft Schmerzen. Ein wenig unbehaglich fühle ich mich, da ich nicht weiß, ob ich im Unterricht zu meinem Lehrer »Onkel Hans« und »du« oder »Herr Moll« und »Sie« sagen muss. Durch eine Doppeltür kann man direkt von der Wohnung durch das Lehrerzimmer in die Klasse gelangen. Ich gehe aber doch lieber wie die anderen Dorfkinder von außen durch die große Schultür.

Eigentlich bin ich gerade erst in die vierte Klasse gekommen – »automatisch ohne Notengebung versetzt wegen des lückenhaften Unterrichts« wie alle Kieler Schulkinder. Doch Onkel Hans meint, ich könne schon bei ihm in der Oberstufe mitmachen. Er hält mich für eine gute Schülerin. Daher ist es mir peinlich, wenn er mich im Unterricht etwas fragt, was ich nicht beantworten kann.

Wir haben Deutsch, Rechnen, Schreiben, Religion, Geschichte, Naturkunde, Erdkunde, Zeichnen, Gartenbau und Turnen. Das berichte ich in einem Brief nach Hause und auch, es sei »in der Schule ganz schön schwer.« In Naturkunde lernen wir, wie eine Pumpe funktioniert. Damit wissen die Dorfkinder besser Bescheid als ich, denn hier kommt das Wasser noch nicht aus einem Hahn an der Wand, sondern muss mit Muskelkraft aus einem Brunnen hochgepumpt werden. In der Lehrerwohnung im Schulhaus wird es allerdings bereits mit Hilfe eines Elektromotors in einen großen Behälter befördert, der unter dem Dach des Stallanbaus hängt; von dort läuft es dann in die Wasserleitung.

Die anderen Schüler sprechen nur während des Unterrichts hochdeutsch, um während der Pausen sofort wieder in ihre plattdeutsche Muttersprache zu verfallen. Aber es dauert nicht lange, bis ich sie jedenfalls verstehen kann. Mit dem Sprechen geht es mir so ähnlich wie ihnen mit dem Schulhochdeutsch: Das Übersetzen ist mühsam. Zum Glück ist im Lehrerhaushalt das mir vertraute Hochdeutsch üblich.

Mit mir sind wir jetzt fünf Kinder in der Familie. Elisabeth ist ein Jahr älter als ich. Sie muss jeden Morgen mit dem Zug nach Neustadt zur Mittelschule fahren. Gerhard und Hans-Ulrich sind schon zwölf und vierzehn. Sie besuchen die Oberschule in Oldenburg. Der kleine Hartwig hat beim Kollegen von Onkel Hans in der Unterstufe Unterricht.

Elisabeth und ich schlafen beide in ihrem Zimmer, wir sind nun Freundinnen.

»Erzähl doch noch mal, Gerda«, fordert sie mich hin und wieder auf, wenn wir abends in unseren Betten liegen, »wie ist es denn so bei einem Fliegerangriff!«

Ich berichte möglichst dramatisch und schmücke alles ein wenig aus. Auf ihre Frage:

»Hast du dann nicht schreckliche Angst?«, behaupte ich:

»Nein, denn die Bomben, die du heulen hörst, treffen dich nicht!«

Das weiß ich von Vater. Hier ertönt zwar auch ab und zu die Sirene, und bald darauf hören wir hoch über uns die Flugzeuge brummen. In den Keller gehen wir jedoch nicht, denn die Tommys sparen ihre Bomben auf für wichtigere Ziele. Vater und Mutter schreiben mir sofort nach jedem Angriff, dass es ihnen gut geht und unser Haus noch steht.

Morgens zum Frühstück in der großen Küche gibt es etwas ganz Leckeres: In einen Suppenteller brocken wir Grau- und Schwarzbrot, das wir mit etwas Zucker bestreuen. Danach gießt Tante Else warme Milch darüber. In der Küche ist es dann richtig gemütlich. Es riecht so gut nach Herdfeuer, gekochter Milch und dem Muckefuck für die Erwachsenen. Weniger gut riecht es im Stall, wo die zwei Schweine hausen. Ich höre die Tiere grunzen und fürchte mich ein wenig vor ihnen, wenn ich das direkt daneben liegende, moderne WC benutze. Für die Schüler gibt es auf dem Schulhof die Plumps-Klos, deren stinkendes Loch selten jemand mit dem dazugehörigen Holzdeckel abdeckt.

Abends nach der Melkzeit gehen Elisabeth und ich zum Bauern und holen Milch. Sie wird aus einem Eimer, in dem ab und zu noch ein Grashalm schwimmt, durch ein Tuch in unsere Milchkannen gegossen. Anschließend stecken wir die Deckel vorsichtig über den großblasigen Schaum. Elisabeth wundert sich:

»Und du hast wirklich noch nie gesehen, wie Kühe gemolken werden?« Ungläubig schüttelt sie den Kopf: »Morgen gehen wir früher los, dann kannst du mal zugucken!«

Im Stall sitzt die Melkfrau auf einem Holz-
schemel dicht neben der Kuh. Mit gleichmäßigen
Bewegungen ihrer beiden Hände streicht sie die
Milch zuerst aus zwei gegenüberliegenden Zitzen
und danach aus den beiden anderen. Dabei hält sie
ihren Kopf an die Bauchseite der Kuh gepresst und
beobachtet, wie der zunächst kräftige Strahl rau-
schend in den Eimer strömt, um dann langsam
leiser und schwächer zu werden. Als die Frau auf-
steht, bemerke ich erstaunt, dass sie den einbeini-
gen Schemel mit einem Ledergurt um ihre Hüften
befestigt hat.

Hin und wieder hole ich am frühen Nachmittag
die Post ab vom Zug aus Kiel, denn der Briefträger
kommt erst abends.

Zwischen der ungeteerten Straße und dem
Grundstück verläuft ein Graben, über den eine
kleine Brücke zur großen, weißen Pforte führt.
Manchmal setze ich mich auf einen Flügel dieser
Pforte und schwinge damit hin und her, während
ich darauf warte, dass endlich Elisabeths Zug aus
Neustadt kommt.

Im Garten gibt es eine Laube aus beschnittenem
Buschwerk. An einer anderen Stelle steht ein altes
Backhaus.

»Darin wurde früher das Brot für den Haushalt

gebacken«, erklärt mir Onkel Hans. »Und da man Angst hatte, aufgrund der hohen Temperaturen könne ein Brand ausbrechen, wurde es immer in einiger Entfernung zum Wohnhaus gebaut.«

Im Backhaus spielen wir mit den Jungs U-Boot, denn man kann den Schornstein innen hinaufklettern, den U-Boot-Turm. Vorher müssen wir uns durch die Öffnung des halbrund gemauerten Ofens zwängen. Oben gucken wir raus, ob auf dem »Meer« um uns herum ein feindliches Schiff zu entdecken ist. Wenn wir einen Feind gesichtet haben, müssen wir dies unseren Kameraden nach unten melden:

»Luke dicht! Fertig zum Abtauchen!«

Um den Garten verläuft ein Knick, der das Schulgrundstück vom Ackerland des benachbarten Bauernhofs abgrenzt. Die Kinder sind im Laufe der Jahre so oft durch die Sträucher gekrochen, dass ein richtiger Tunnel entstanden ist. Hier kann man sich verstecken bis es langweilig wird, weil die anderen das Suchen inzwischen aufgegeben haben. Viel Zeit zum gemeinsamen Spielen bleibt uns allerdings nicht, da Hans-Ulrich, Gerhard und Elisabeth immer erst nachmittags nach Hause kommen.

Hans-Ulrich nimmt mich manchmal auf seinem Gepäckträger mit, wenn er mit dem Fahrrad im Dorf etwas erledigen muss. Ich mag ihn gern leiden. Einmal fahren wir beide mit einem Leiterwagen nach Lensahn, um dort einen Sack Kies abzuholen. Wir sitzen vorn auf dem Querbrett, Hans-Ulrich lenkt das Pferd. Eine Zeit lang darf ich die Peitsche nehmen.

»Aber nur halten, Gerda«, warnt Hans-Ulrich, »nicht damit knallen! Sonst geht das Pferd noch mit uns durch!«

Am Tag vorher haben Elisabeth und ich geholfen, eines wieder einzufangen. Das heißt ich eigentlich nicht, denn als Stadtkind hielt ich mich bei dieser Aktion ziemlich zurück. Wir pflückten gerade auf der Koppel Thymian für den Schweinebraten, als der Bauer uns zurief:

»Haal em op! Verdorri ok! Haal em op!«

Das Pferd war durch ein Loch im Zaun ausgebrochen und galoppierte auf uns zu.

An einem Sonntag unternehmen wir mit der ganzen Familie einen Ausflug ins Nachbardorf, wo ein befreundetes Lehrerehepaar uns zum Geburtstagskaffee erwartet. An einem anderen Sonntag fahren wir zum Gut Kletkamp in der Nähe. Hier wohnen Verwandte meiner neuen Familie, ein Onkel ist dort beschäftigt.

»Vielleicht sehen wir ja die Gräfin«, verspricht Elisabeth.

Wie eine Gräfin aussieht, weiß ich aus meinem Märchenbuch: Schön ist sie und in Samt und Seide gekleidet! Als wir über den mit Kopfstein gepflasterten Hof gehen, knickst Elisabeth artig in Richtung einer unscheinbaren Frau, die in Gummistiefeln aus dem Kuhstall stapft.

»Das war sie!«, flüstert meine Freundin.

»Wer? Wo?« Suchend drehe ich mich um meine eigene Achse.

»Na ..., die Gräfin doch!«

Ist das zu glauben?

Für einen Sonnabend im November wird der Hausschlachter bestellt. Es ist ein frostkalter Tag, auf dem Hof rennt ein Schwein quiekend vor Angst von einer Ecke in die andere. Ich sehe erst wieder hin, als das tote Tier mit kochendheißem Wasser abgebürstet wird. Der Schlachter hat die Ärmel seines blauweiß gestreiften Kittels hochgekrempelt, er und sein Gehilfe stehen in einer Dampfwolke. Später wird das ausgenommene Schwein auf eine Leiter genagelt und außen gegen die Stallwand gelehnt.

In der Waschküche haben Tante Else und das

Gerda mit ihrer neuen Familie, 1941

Hausmädchen Ellie Feuer unter dem Kessel gemacht, denn die Därme für die Blut- und die
Grützwurst müssen gekocht werden. Die Leber-
wurst wird in Gläsern eingeweckt, ebenso das
Fleisch. Die Schinken werden gesalzen und zusammen mit den Mettwürsten zum Räuchern außer
Haus gegeben. Aus den weißrosa Flomen kocht
Tante Else Griebenschmalz und füllt ihn in kleinere Steinguttöpfe, die sie im kühlen Keller verwahrt.
Der Schweinekopf muss zusammen mit den »Po-
ten« – den Schweinefüßen –, Lorbeerblättern und
anderen Gewürzen lange kochen, damit daraus
Sülze wird.

Zum Abendbrot gibt es gebratene weiße und rote Grützwurst mit Specksoße und Sirup. Es schmeckt herrlich, ich esse zu viel und habe hinterher schreckliches Bauchweh. Die nächste Mittagsmahlzeit besteht aus Schwarzsauer mit Klößen – ein Gericht aus gerührtem Schweineblut. Tante Else deutet meinen Gesichtsausdruck richtig:

»Gerda, du brauchst das nicht zu essen, wenn du nicht magst. Du kriegst dann Salzkartoffeln mit Butter!«

Noch tagelang hängt der Geruch vom Därme- und Wurstkochen im Schulhaus.

Obgleich ich mich in meiner neuen Umgebung sehr wohlfühle, bin ich doch glücklich, als ich nach einigen Monaten wieder nach Hause darf. Inzwischen wurde ein sicherer Hochbunker in der nahen Sedanstraße gebaut, und für uns jüngere Kinder soll in behelfsmäßig instand gesetzten Schulgebäuden wieder der Unterricht beginnen – wenn auch im Schichtbetrieb.

Neben der dankbaren Erinnerung an meine schöne Zeit in der Familie des Dorfschulmeisters bleibt mir vom Leben auf dem Lande noch etwas anderes – dies allerdings nur vorübergehend: einige für plattdeutsch aufwachsende Dorfkinder typische grammatische Fehler im Hochdeutschen.

Meine Eltern holen mich kurz vor Weihnachten in Beschendorf ab, und im neuen Jahr gehe ich also wieder in Kiel zur Schule. Ruth und Frauke kommen auch bald nach Hause.

Unsere 11. Mädchen-Volksschule an der Ecke Ringstraße/Adelheidstraße ist nur noch ein Trümmerhaufen. Unterricht haben wir jetzt in der Mittelschule am Winterbeker Weg. Weil viele Kinder evakuiert worden sind, wurden die restlichen zu neuen Klassen zusammengefasst. Ich habe nicht nur andere Mitschülerinnen, sondern auch neue Lehrer. Herr Schnoor ist eigentlich ganz nett, aber er wird schnell wütend. Genau wie Onkel Hans hat er seit dem Ersten Weltkrieg ein Holzbein. Ungezogene Kinder schlägt er mit einem Metalllineal auf die Finger.

Wir zukünftigen Oberschülerinnen müssen besonders viel lernen. Hin und wieder sagt Herr Schnoor:

»Und jetzt mal nur für die Oberschüler!«

Tuwort heißt für uns Verbum, der dritte Fall wird zum Dativ, und Deklinieren oder Konjugieren bedeutet unser bisheriges Beugen. Außerdem müssen wir für die Fremdsprachen, die wir auf der Oberschule lernen werden, die lateinische Schrift schreiben können. Aber da wir uns sowieso gerade alle auf die deutsche Normalschrift umgestellt haben, ist dies nicht schwierig.

Unser Schulweg führt uns durch die Langenbeckstraße, den Hohenstaufenring, die Kleingärten der Schützengilde, den Schützenpark, die Luther- und Melanchthonstraße zum Winterbeker Weg. Wer unterwegs von einem der anderen Mädchen unerwartet angetickt wird und die Aufforderung »Bittergrün!« hört, muss irgendein grünes Blatt oder einen Grashalm vorzeigen. Wer dies nicht kann, ist anschließend mit dem Ticken dran.

Eines Tages im März entdecken wir auf dem mit Bäumen bestandenen Reitweg, der in der Mitte des Hohenstaufen- und Hohenzollernrings verläuft, in bestimmten Abständen liegende Tonnen. Bei Fliegeralarm werden diese Tonnen geöffnet, so dass ein Gasgemisch entweichen kann: Die Stadt wird eingenebelt. Die Luft riecht dann ganz eigenartig, und wenn ich aus Versehen tief Luft hole, wird der Hals ganz rau.

In den Osterferien 1942 findet die Aufnahmeprüfung für die Oberschule statt, und zwar im Alten Gymnasium in der Dammstraße, denn aus unserer Oberschule für Mädchen an der Paul-Fleming-Straße wurde inzwischen ein Lazarett. Wir müssen eine Rechenarbeit, ein Diktat und eine Nacherzählung schreiben sowie ein Bild malen. Ich brauche danach nicht mehr zur mündlichen Prüfung. Vater stellt einen Antrag für ein Stipendium. Daraufhin wird mein jährliches Schuldgeld um einen bestimmten Betrag ermäßigt.

Das ältliche Fräulein Gnutzmann wird unsere Klassenlehrerin. Wie die größeren Schülerinnen nennen auch wir sie unter uns bald mit ihrem Spitznamen »Gnulle«. Als sie für den Klassenbucheintrag nach Vaters Beruf fragt, antworte ich nicht wie sonst »Lehrer a. D.«, sondern »Nachkalkulator«, denn Vater hat jetzt eine feste Arbeit auf der Werft. Zwar ist mir nicht klar, was das Wort eigentlich bedeutet, aber es hört sich wichtig an. Mindestens so wichtig wie die Berufe anderer Väter, die Stadtinspektor sind oder sogar Registrator auf dem Katasteramt.

[1999]

Erstdruck (in kürzerer Fassung) in: »Leben auf dem Lande«, Hg. Willy Diercks für den Schleswig-Holsteinischen Heimatbund, Husum Verlag, Husum 2002

Ein Frühlingstag im Mai 1943

Meine Familie und ich wohnten in einer stillen Straße am westlichen Stadtrand von Kiel. Ab Ostern 1942 besuchte ich nach bestandener Aufnahmeprüfung das Hindenburg-Lyzeum. Da unser Schulgebäude in der Paul-Fleming-Straße als Lazarett genutzt wurde, stellte die Oberschule für Jungen in der Dammstraße uns Unterrichtsräume zur Verfügung. Das rote, mehrgiebelige Backsteingebäude stand im Bereich des heutigen Hiroshima-Parks. Wie überall in Kiel wurde damals aus Platzmangel Schichtunterricht erteilt. Das bedeutete, dass im Wechsel jeweils eine Woche lang die Jungen vormittags und die Mädchen des Lyzeums nachmittags zur Schule gingen.

Wenn tagsüber bei Fliegeralarm die Sirenen heulten, hatte die jeweilige Lehrkraft mit ihrer Klasse »geordnet und ohne Hast« den Schutzraum aufzusuchen. Im Alten Gymnasium, wie die Kieler die Schule nach wie vor nannten, war dies der Heizungskeller. In ihrem Bestreben, keine Angst aufkommen zu lassen, pflegte unsere Klassenlehrerin den begonnenen Unterricht in Ruhe zu beenden, so dass wir oft als Letzte im Keller erschienen.

Nach meiner Erinnerung muss es im Mai 1943 gewesen sein – vielleicht war es sogar der 14. Mai, an dem zwischen 11.49 und 12.42 Uhr bei einem Bombenangriff 354 Kieler Einwohner (hauptsächlich Frauen und Kinder) ums Leben kamen –, als meine Freundin und ich uns mittags auf den Weg zum Hafen machten. Vorher hatten wir zusammen mit den anderen Schülerinnen eine knappe Stunde im Heizungskeller der Schule zugebracht. Wir saßen dort auf roh gezimmerten Bänken entlang schmaler Gänge. Die trübe Beleuchtung, die Enge und das Gewirr der in der kalten Jahreszeit summenden und zischenden Rohre unter der niedrigen Decke flößten mir mehr Angst ein als die feindlichen Bomber mit ihrer tödlichen Last.

Als wir wieder nach draußen gelangten, bemerkten wir sofort die riesige Rauchwolke über Gaarden. Aufgeregt liefen wir in Richtung Hafen. Um einen besseren Überblick zu gewinnen, kletterten wir auf einen Trümmerberg. Noch nie zuvor hatten wir ein solch gewaltiges Feuer gesehen! In unserem Wohnviertel waren bisher nur vereinzelt Spreng- und Brandbomben und einige Blindgänger gefallen; kleinere Dachstuhlbrände hatte es allerdings schon ein paarmal gegeben.

Das Tageslicht wirkte heute eigenartig trüb. Es war vollkommen windstill, doch wie merkwürdig: Gegenüber auf dem anderen Ufer wütete ein Sturm, der die Flammen hoch auflodern ließ. Meine Freundin und ich standen eine ganze Weile auf unserem erhöhten Platz und schauten ins Feuer. Irgendwann drehte ich mich um und blickte in Richtung Westen. Dabei fiel mir ein, dass Mutter zu Hause auf mich wartete. Ich hatte doch versprechen müssen, mich nach dem Unterricht immer sofort auf den Heimweg zu machen!

So schnell wir konnten liefen meine Freundin und ich nach Hause. In unserer Straße sah es aus wie immer. Mutter wartete im Vorgarten. Sie drückte mich fest an sich, was sie sonst selten tat und ließ mich eine ganze Weile nicht mehr los.

[1992]

Erstdruck in: »Kiel – Eine Liebe auf den zweiten Blick«, Hg. Carsten/Fischer/Kohrs-Heimann, Husum Verlag, Husum 1993

Apropos: Mutters Nähmaschine

Auf der alten versenkbaren SINGER wird seit langem nicht mehr genäht, und dennoch zögere ich, mich von ihr zu trennen. Als wichtiges Relikt meiner Kindheit und Jugend hat sie viel mit Mutter zu tun, die unzählige Stunden ihres Lebens daran saß, um mit ihrer Hilfe schöne und vor allem nützliche Dinge anzufertigen. Hinzu kommt ihre Rolle, die sie – wenn auch nur mittelbar – für mein späteres Leben spielte. Aber davon werde ich später noch berichten.

Jedes Jahr nähte Mutter für Anna und mich ein neues Sommerkleid, das wir Pfingsten zum ersten Mal tragen durften. Dies tröstete mich etwas über den wenig geliebten traditionellen Familienausflug hinweg. Tante Hanna war natürlich immer dabei, manchmal auch Tante Behrendsen oder Tante Hamann. Am Pfingstmontag brachen wir schon sehr früh auf, um die erste Straßenbahn Richtung Schulensee zu erreichen. Dort begannen wir unsere Wanderung durch das idyllische Eidertal, und zwar bei jedem Wetter. Oft war es viel zu kühl für unsere neuen Sommerkleider, doch Anna und ich bissen unsere vor Kälte klappernden Zähne zusammen – um keinen Preis der Welt hätten wir etwas anderes anziehen wollen!

Anna und Gerda, Pfingsten 1940

Unterwegs zeigte Vater uns Geschwistern die am Feldrain wachsenden Pflanzen, nannte deren Namen und zu welcher Familie sie gehören. Ich setzte dabei zwar meistens ein interessiertes Gesicht auf, hörte aber gar nicht zu. Mir war der wohlmeinende, doch ständig erhobene »pädagogische Zeigefinger« meines Lehrer-Vaters von Herzen zuwider. Wie ich später feststellen durfte, ist aber dennoch einiges Wissenswerte haften geblieben.

Vater war zu dieser Zeit noch arbeitslos. Die Nazis hatten ihn wegen seiner nebenamtlichen Tätigkeit als Redakteur einer pazifistischen Zeitschrift aus dem Schuldienst entlassen und ihm jede Lehrtätigkeit verboten. Mit Gelegenheitsarbeiten verdiente er nur das Notwendigste. Wir rückten eng zusammen – Fritz, Anna und ich schliefen in der so genannten halben Stube –, so dass Mutter zwei Zimmer unseres Reihenhäuschens vermieten konnte, eines davon an ihre Schwester Hanna.

Tante Hanna nahm an allen Familiendingen teil. Wir Kinder liebten sie, obwohl wir sie manchmal etwas zu streng fanden. Vor allem später, als Anna und ich unsere ersten Freunde hatten. Als Familienfürsorgerin wurde sie oft mit bedrückenden Dingen konfrontiert. Wenn sie nun zufällig sah, wie wir in einsamer Gegend am Arm eines Jungen flanierten, berichtete sie dies vorwurfsvoll ihrer Schwester und warnte vor den auf uns lauernden Gefahren. Mutter gab Tante Hannas Bedenken an uns weiter. Doch Anna und ich lachten nur: »Tante Hanna sieht uns schon *auf dem Weg in die Gosse*!«

In den Jahren von 1933 – 1939, als Vater keine Arbeit hatte, waren wir arme Leute. Nicht nur aus diesen Gründen ging es in unserem Haushalt anders zu und sah anders aus als bei meinen Freundinnen, deren Väter ein geregeltes Einkommen bezogen. Von ihnen unterschieden wir uns auch durch die zusammengewürfelten und deshalb von Mutter einheitlich rot lackierten Esszimmermöbel und vor allem durch die vielen Bücher in den grob gezimmerten Regalen.

Meine Spielecke hatte ich im Esszimmer. Wenn Vater in der jetzt durch einen Vorhang abgetrennten Wohnstube Nachhilfestunden gab – trotz des gegen ihn verhängten Unterrichtsverbots –, musste ich dort mucksmäuschenstill sein. Wehe, wenn dann mein Bauklötzeturm umfiel oder sonst etwas von mir zu hören war! Vater konnte sehr aufbrausend sein, und vor seiner dann lauten Stimme fürchtete ich mich sehr. Still verhalten mussten wir drei Kinder uns auch am frühen Nachmittag, wenn Tante Hanna in ihrem Zimmer Mittagsschlaf hielt, bevor sie dann wieder zu ihrem anstrengenden Dienst aufbrach.

Auf der SINGER vor dem Fenster zum Garten nähte Mutter unsere Kleidung, und zwar meistens aus alten, aufgetrennten Stücken. Solch getragene Kleidung fremder Leute, die »Freunde« genannt wurden – zu meiner Verwunderung, denn wir kannten sie gar nicht! –, erhielten wir über Frau Martha Hinrichsen, eine weißhaarige ältere Dame. Sie wohnte in einem villenartigen Haus am Jägersberg, zu dem ein Garten mit alten Obstbäumen gehörte. Dort saßen wir einmal an einen Sommernachmittag zusammen mit anderen Gästen unter einem Birnbaum. An diesen Tag und die lange Kaffeetafel erinnere ich mich vermutlich nur deshalb so genau, weil es leckere Konditorkuchen zu essen gab.

Später zog Tante Hinrichsen nach Hamburg. Hier war es ihr eher möglich, die befreundete Witwe eines Professors in ihrer Wohnung zu verstecken und als Jüdin damit vor dem sicheren Tod im Konzentrationslager zu retten. Zufällig hörte ich, wie in unserer Familie darüber und über die alltäglich zu bewältigenden Schwierigkeiten gesprochen wurde. Ich stellte mir vor, wie schrecklich es für die arme Frau Wirtz sein müsse, bei Bombenangriffen allein in der Wohnung im fünften Stock zu bleiben und nicht in den Luftschutzkeller zu dürfen!

Zwar hatte mir niemand gesagt, ich solle über

solche Gespräche nichts nach draußen tragen. Zu jenem Zeitpunkt war ich zehn Jahre alt und wie alle Schülerinnen zwangsweise Mitglied der staatlichen Jugendorganisation JM (Jungmädel), wo wir natürlich in der nationalsozialistischen Ideologie geschult wurden. Wohl deshalb war mir klar, dass derartige Themen innerhalb unserer vier Wände zu bleiben hatten und entsprechend handelte ich. Eher intuitiv »wusste« ich zum Beispiel auch, bei welchen Nachbarn während einer Begegnung auf der Straße als Gruß ein Knicks und »Guten Tag« oder der ausgestreckte rechte Arm und »Heil Hitler« angebracht waren. Unsere Familie war eben anders als die meiner Freundinnen. Bei uns hieß der Reichskanzler nicht »der Führer«, sondern »Hitler«, und der Volksempfänger blieb stumm, wenn er oder Doktor Goebbels ihre Reden grölten.

Neben Tante Hinrichsen besaß ich eine ganze Reihe Nenntanten. Da waren Anna Behrendsen, Catherine Hamann, Mathilde Bünz, Fanny und Magda Heyn oder Käthe Fust. Sie gehörten alle – wenn auch in wechselnder Zusammensetzung – zu einem Kreis politischer Freunde, der sich in regelmäßigen Abständen im elterlichen Reihenhaus in der Kantstraße zusammenfand. Während Gäste und Gastgeber sich angeregt unterhielten, ab und zu einen Schluck Tee tranken – Mutter hatte das gute »Teerosen-Service« gedeckt –, wurde nebenbei auch gehandarbeitet. Tante Hamann häkelte zum Beispiel zierliche Spitzendeckchen und Tante Behrendsen fertigte aparte Umrandungen für Taschentücher. Sie benutzte dabei statt Nadel und Garnknäuel ein elfenbeinernes »Schiffchen«, mit dem sie samt aufgespultem Faden schnell und wie beiläufig zunächst kreisrunde Ösen arbeitete, um diese anschließend mit kunstvollen Schlingen und Knoten zu verzieren. »Frivolitäten« nannte sie merkwürdigerweise jenes ungewöhnliche Spitzenmuster, das ich nur bei ihr und später nirgendwo mehr gesehen habe.

Anna Behrendsen bedeutete für die abendliche Runde eine wichtige Informationsquelle über das Geschehen in der Welt, denn als Lektorin am Institut für Weltwirtschaft und Seeverkehr (heute: Institut für Weltwirtschaft) erhielt sie von Berufs wegen Einblick in bedeutende Zeitungen außerhalb Nazideutschlands. Doch ich lief ihr natürlich aus einem anderen Grund oft schon bis zur Ecke Langenbeckstraße entgegen, und zwar, um sie zu bestürmen, mir zu Hause gleich aus der »Berlingske Tidende« den Text zur Zeichenserie von Palle und

Blondie vorzulesen. Obwohl sie als gebürtige Nordschleswigerin normalerweise fließend aus dem Dänischen übersetzte, suchte sie nun häufig nach dem passenden Ausdruck, so dass ich schon etwas ungeduldig wurde. Vermutlich aber war sie sorgsam darauf bedacht, Palles und Blondies Ehegeschichten für ein kleines Mädchen zu zensieren.

Als häufig einziger männlicher Besucher gehörte Doktor Fritz Braun zu diesem Freundeskreis; er war als Jude aus dem Staatsdienst entlassen worden. Oft erschien er schon, wenn unsere Familie noch beim Abendbrot saß, also viel zu früh. Aus Ärger über diese Störung verdrehte Vater die Augen und seufzte laut, so dass zum Ausgleich Mutter dem Gast gegenüber besonders nett war.

An Onkel Braun hing ich sehr, und ganz offensichtlich war unsere Sympathie gegenseitig. Er sah so gemütlich aus mit seinen Knickerbockern aus Manchestersamt, den dicken Kniestrümpfen und derben Stiefeln! Gern lauschte ich auch seinem immer noch wienerisch gefärbten Deutsch, wenn er sich ganz ernsthaft mit mir unterhielt. Ich glaube, es war an meinem fünften Geburtstag, als er mir einen Kinderkorbstuhl schenkte. Darauf war ich sehr stolz, denn er war eine genaue Kopie der beiden Erwachsenenkorbsessel, die meinen Eltern

Dr. phil. Fritz Braun, ca. 1939

als Gartenmöbel dienten.

An jenen Abenden mit gleichgesinnten Freunden hatte Mutter als Hausfrau alle Hände voll zu tun, was für mich weniger Beaufsichtigung bedeutete. Mutter war sich sicher, Tante Hanna würde mich zu gewohnt früher Stunde zu Bett bringen, Tante Hanna vermutete dasselbe von Mutter, und Vater hatte mit derartigen Pflichten sowieso nichts zu tun.

Onkel Braun jedoch erfasste die Situation und flüsterte mir mit Verschwörermiene zu:

»Komm, Gerdalein, krabbel schnell unter den Tisch!«

Dort saß ich dann im Schutz der herabhängenden Tischdecke auf einem der beiden mit grünem Plüsch überzogenen Fußschemel und lehnte mich an seine Knie, während er mir wie einem Kätzchen den Nacken kraulte. Ab und zu drangen etwas lauter gesprochene Satzfetzen zu mir herunter, deren Sinn ich damals natürlich nicht verstand:

»... ist auch abgeholt worden ..., ... die Urne mit der Asche kam mit der Paketpost ..., ... Naziverbrecher ..., ... es gibt Krieg ..., ... Lebensmittelkarten ..., ... Luftschutz ...« und anderes.

Einmal redeten alle erregt auf Onkel Braun ein.

»Ich bleibe«, entgegnete er ruhig und kraulte mir wie immer den Nacken.

»... die letzte Möglichkeit ...«, hörte ich Vater mehrmals beschwörend sagen, bis ich in meinem Versteck erschauerte, denn seine Stimme klang, als wäre er sehr böse auf Onkel Braun:

»Seien Sie doch nicht solch verdammter Narr!«

Dies war der letzte Abend, an dem Onkel Braun uns besuchte. Ich vermisste ihn, doch auf meine Fragen nach seinem Verbleib erhielt ich ausweichende Antworten. Wenig später überreichte Tante Behrendsen mir ein lebensgroßes Kaninchen aus weißem Porzellan:

»Für dich von Onkel Braun!«

Es war ein mit Bedacht ausgewähltes Abschiedsgeschenk. Er hatte beobachtet, wie sehr ich unsere Stallkaninchen liebte.

Eines Tages gelangte eine Postkarte zu uns, auf der eine exotische Maske aus dem Britischen Museum abgebildet war. »Für Gerdalein« stand darauf mit Onkel Brauns zierlicher Handschrift – wie immer mit grüner Tinte geschrieben. Die Karte hatte einem Brief an Anna Behrendsen beigelegen, der zur Umgehung der Zensur in Deutschland an ihre in Dänemark lebende Mutter gerichtet war. Der Gruß galt eigentlich Vater, und zwar als verschlüsselter Hinweis auf die geglückte Flucht aus Deutschland und Ankunft in London.

Im Gegensatz zu den meisten älteren Menschen empfinde ich rückblickend meine Kindheit nicht als überwiegend unbeschwerte, fröhliche Zeit. Ich erinnere mich, dass ich als Kind häufig niedergedrückt war, oft auch antriebslos. Ich wartete nur darauf, dass die Stunden vergingen – eine sich unsäglich dehnende Zeit, nach der endlich das Leben beginnen würde. Meine viel älteren Geschwister sagten dann ironisch: »Gerda hat wieder Weltschmerz!« Heute ahne ich den Grund für diese Stimmungen: Es war das beklemmende Gefühl, nicht wirklich dazuzugehören, anders zu sein als meine Freundinnen. Ich musste ja nicht nur kindliche Geheimnisse hüten, sondern auch bestimmte Angelegenheiten verschweigen, über die bei uns zu Hause gesprochen wurde. Und natürlich wusste ich nichts beizusteuern – was ich als demütigend empfand –, wenn andere Mädchen unbefangen damit prahlten, welchen Rang ihre Väter in der SA, SS oder als Frontsoldat bekleideten.

Wie oft habe ich zugesehen, wenn Mutter an der alten Nähmaschine saß! Mit der rechten Hand drehte sie das Schwungrad auf sich zu und begann gleichzeitig abwechselnd mit Fußspitzen und Fersen den Tritt zu bewegen; unmittelbar darauf war dann das vertraute Rattern der Mechanik zu hören.

Das erste von ihr genähte Kinderkleid, an das ich mich erinnere, war ursprünglich der rote Teil einer schwarz-rot-goldenen Fahne gewesen, ein Relikt aus der Weimarer Republik. Die Passe des Hängerchens hatte Mutter mit gelben Blümchen bestickt. Fotos beweisen, dass ich es mehrere Jahre getragen habe, denn der breit eingelegte Saum ließ es problemlos mitwachsen. Es war mein winterliches Sonntags- und Festkleid, über das mir meistens eine ebenfalls bestickte und mit Volants besetzte »Wahl-Schürze« gebunden wurde. Dass der

durchsichtige weiße Schürzenstoff eigentlich Voile
hieß, wurde mir erst später klar.

Gerda mit Fahnenkleid, ca. 1940

Aus der goldgelben Stoffbahn der Fahne entstanden irgendwann Tee- und Kaffeewärmer, die
mit einem rotschwarzen Kreuzstichmuster sehr
dekorativ wirkten. Was aus dem schwarzen Strei-
fen geworden ist, weiß ich nicht.

Übrigens – zehn Jahre später, im grauen Nach-
kriegsalltag, verdankte ich wieder einer Fahne ein
Kleidungsstück, es wurde ein leuchtend roter
Rock. Er ergab zusammen mit einer schwarzen
Samtweste und einer weißen Wahl-Voile-Bluse ein
mir von meiner besten Freundin geneidetes »Rot-
käppchenkleid.« Diesmal musste eine Hakenkreuz-

fahne dafür herhalten. Tante Hanna hatte sie erworben, nachdem es lebensgefährlich geworden war, bei bestimmten Anlässen nicht zu flaggen. Doch Vater und Mutter weigerten sich strikt, den Nazis auf diese Weise zu huldigen.

Tante Hanna kaufte die kleinste Fahne, die zu haben war. Sie hängte sie aus ihrem zur Straße hin gelegenen Zimmerfenster, ließ sie aber gleich wieder im Blumenkasten verschwinden.

»Das muss wohl der Wind getan haben«, hätte sie bei Beanstandungen dem übereifrigen Naziblockwart erklären können.

Notgedrungen fertigte Mutter in der Nachkriegszeit auf der Nähmaschine auch Hausschuhe für uns an. Für die Sohle wurden mehrere Lagen aus Resten eines alten Wintermantels aufeinander gesteppt und danach der Füßling – ebenfalls aus Stoff – mit der Hand daran genäht. Auch Stoffhandschuhe entstanden auf der Maschine, denn Strickwolle oder -garn gab es nach fast sechs Kriegsjahren nicht mehr. Später änderte Mutter auf der Maschine mit viel Geschick für uns Schwestern die aus Amerika oder Schweden gespendeten getragenen Damenkleider.

Auch als es endlich wieder neue Stoffe zu kaufen

gab, nähte sie fast meine ganze Garderobe. Deutlich sehe ich noch mein Kleid für den Abstanzball bei der Tanzschule Gemind vor mir: Hellblauer Lavabel mit kleinen dunkelblauen Tupfen. Vom knöchellangen, dreistufigen Rock war die letzte Stufe abnehmbar, so dass es auch als Sommerkleid zu tragen war.

Einmal erhielten Anna und ich handgewebten Stoff geschenkt, Beiderwand nannte man diese Art.

»Sehr haltbar«, lobte Mutter, und auch Tante Hanna nickte anerkennend mit dem Kopf.

Anna entschied sich für den blauen, ich mich für den roten Coupon. Mein Kleid entstand nach einem Schnitt, den ich selbst ausgesucht hatte. Leider passierte Mutter dabei ein kleines Malheur: Der viereckige Ausschnitt geriet für eine Siebzehnjährige etwas zu gewagt, und obwohl sie eine Rüsche aus weißer Spitze einsetzte, war nicht viel zu retten. Es erwies sich aber, dass ich das Kleid sowieso nicht gern trug, denn der handgewebte Stoff kratzte auf der Haut. Allerdings – an einem Februarabend habe ich es dennoch angezogen, und dies sollte für mein weiteres Leben entscheidend werden.

An jenem Tag feierten Anna und Klaus ihre Verlobung, abends wollten wir im Wohnzimmer nach Schallplattenmusik von einem geliehenen Koffergrammofon tanzen. Ich hatte gerade mit meinem bisherigen Freund »Schluss gemacht«, und so lud Anna als Partner für mich einen der Studenten ein, die sich regelmäßig bei uns im Haus trafen. Zwischen diesem jungen Mann und mir »knisterte« es schon einige Zeit, und was lag für mich näher, als während Annas Verlobungsfeier gezielt »unabsichtlich« die Wirkung meines Dekolletés auszuprobieren?

Inzwischen sind wir über fünfzig Jahre miteinander verheiratet. Hätte unser beider Leben womöglich anders ausgesehen, wenn Mutter nicht das Malheur mit dem Ausschnitt passiert wäre?

Mir scheint, jenseits der Goldenen Hochzeit ist dies eine müßige Frage ...

[2003]

1943 – ein Kinderfoto

Prolog:

Wie aufgebaut steht das Mädchen am Strand. »Füße zusammen! Hände an die Seitennaht! Augen
gerade ….aus! Stillgestanden!« Diese Haltung auf
Befehl der BDM-Führerin ist dem Kind so in
Fleisch und Blut übergegangen, dass es sie unwillkürlich auch als Fotografierpose einnimmt. Die zu
langen Zöpfen geflochtenen braunen Haare sind
seitlich gescheitelt und straff zurückgekämmt. Das
Mädchen trägt einen Wintermantel, aus dem es
herausgewachsen ist. Gerda ist elf Jahre alt. Sie
steht am Südstrand bei Wyk auf der Nordseeinsel
Föhr – weit fort von ihrem Zuhause in Kiel.

Ich weiß nicht, wie lange es geregnet hat, aber heute scheint zum ersten Mal wieder die Sonne. Fraukes großer Bruder ist gekommen. Ausnahmsweise darf er sie noch mal sehen, bevor er zurückmuss an die Ostfront. Sonst ist im KLV-Lager eigentlich kein Besuch erlaubt. Bernhard knipst uns, damit unsere Eltern wissen, wie wir jetzt aussehen. Er brachte mir von zu Hause auch die Geige mit. Darüber hab ich mich überhaupt nicht gefreut, denn eigentlich will ich gar kein zweites Instrument spielen lernen. Ich hab das doch nur gesagt, weil man eine Geige nicht als Paket schicken kann, und ich dachte, dann muss Mutti selbst kommen und sie mir bringen!

Jede Woche gehen wir zum Wiegen. Wenn einige Mädchen überhaupt nicht zugenommen haben, werden sie beim Abendbrot getadelt. Sie kriegen ein Pappschild umgehängt, auf dem steht »Mickerkind.« Zur Strafe müssen sie einen Extrateller Milchsuppe essen. Die Mickerkinder weinen dann meistens, laufen anschließend raus und übergeben sich. Da ess ich doch lieber gleich meinen Teller leer. Fräulein Doktor Coenen sagt:

»Wir sind das Lager mit den größten Gewichtszunahmen, ich bin sehr stolz auf euch!«

Morgen Nachmittag steht wieder »Schreibstunde« auf dem Tagesplan. Meistens weiß ich gar nicht, was ich Mutti und Vati schreiben soll. Am liebsten würde ich ihnen sagen, dass sie mich hier rausholen möchten. Ich hab bestimmt keine Angst vor den Bomben und will auch gern jede Nacht in den Keller gehen und bin dann am nächsten Tag überhaupt nicht müde. Auch dass ich Heimweh nach Teddy hab, würde in dem Brief stehen. Und nach unseren Kaninchen. Aber so was gibt Fräulein Doktor Coenen einem sofort zurück:

»Du willst deinen Eltern doch wohl nichts vorjammern, Gerda!«

Gestern Abend, als wir schon im Bett lagen, haben alle erzählt, was ihre Väter sind. Einer ist Sturmbannführer, ein anderer seit 1933 in der SA, der nächste war früher Schupo und ist jetzt beim SD. Natürlich sind alle Väter in der Partei. Ich wusste gar nicht, was ich über Vati sagen sollte. Da fiel mir das schmale schwarz-weiß-rote Ripsband ein, das ich mal in Muttis Nähkorb gesehen hatte. »Ach«, meinte Mutti damals, »das gehört zu Vatis Verdienstkreuz aus dem letzten Krieg, das zählt heute nicht mehr.«

Als ich an der Reihe war, sagte ich trotzdem:

»Mein Vater besitzt das Kriegsverdienstkreuz!«

Ob und wie lange er schon Parteimitglied ist, hat dann keine mehr gefragt.

Am liebsten denken wir uns abends Gruselmärchen aus. Eine fängt an, die nächste erzählt weiter und so geht es reihum, bis jede drangekommen ist. Unsere längste Geschichte heißt »Der neunköpfige Drache«. Die neun Köpfe hat er, weil wir neun Mädchen in unserer Stube sind. Ilse hat die besten Einfälle für die Abenteuer des tapferen Drachen. Sie hat auch überhaupt keine Angst vor den Führerinnen und erst recht nicht vor den Lehrerinnen. Wenn eine von uns sagt:

»Aber das dürfen wir doch nicht!«, dann meint sie nur:

»Na – und? Hauptsache, du lässt dich nicht erwischen!«

Ilse kennt alle Schliche. Das kommt wohl daher, weil sie immer schon in Kinderheimen gelebt hat. Das mit den Geheimnamen hat sie sich auch ausgedacht. Ich bin O. F., weil mein Bruder Fritz Ohrtmann heißt, und damit das keiner errät, hab ich die Buchstaben umgestellt. Ilse heißt O. S. nach ihrer Schwester Olly S. Sie braucht die Buchstaben nicht umzudrehen, denn außer mir weiß niemand was von dem englisch klingenden Vornamen. Die Engländer sind doch unsere Feinde!

Mindestens einmal in der Woche haben wir »Geländespiel«. Das ist immer dasselbe: Eine Gruppe muss sich verstecken und die andere sie suchen. Dazu haben Ilse und ich keine Lust.

»Komm, O. F.«, flüstert sie mir dann heimlich zu, »wir verdrücken uns!«

Bevor wir losmarschieren, stecken wir das Buch, das wir gerade lesen, unter die Trainingsbluse und natürlich auch die Zöpfe, damit die später im Gestrüpp nicht hängen bleiben. Wenn wir im Wald sind, tun wir zuerst so, als spielten wir mit. Danach bleiben wir etwas zurück, und sobald die Luft rein ist, klettert jede auf »ihre« Tanne. Da sitzen wir dann und können gemütlich und in aller Ruhe unseren Karl May lesen. Manchmal laufen unten welche rum und suchen uns. Aber nach oben gucken die nie!

Die Zeit auf der Tanne vergeht immer viel zu schnell. Zu gern würde ich stundenlang weiterlesen! Von nun ab soll O. F. Old Firehand bedeuten und O. S. Old Shatterhand. Vielleicht will Ulle ja Winnetou sein, dann sind wir ein Geheimbund. Eine Höhle, wo uns niemand findet, haben wir auch schon entdeckt. Es ist eine Mulde unter den Zweigen einer großen Tanne. Da können wir uns auch verstecken, falls wir es im Lager gar nicht mehr aushalten.

Die Führerinnen sind heute so aufgeregt. Ob wir wieder Besuch von einem »hohen Tier« kriegen? Beim letzten Mal mussten wir vorher unsere Zimmer ganz besonders tipptopp saubermachen. Ich hab sogar oben auf der Deckenlampe Staub gewischt! Als Maß, wie breit die zusammengelegte Wäsche im Schrank sein darf, nehmen wir immer ein Schulheft. Das hat uns Gisela gezeigt. Die ist nett, sie ist unsere Lager-Unterführerin. Beim Stubenappell hatte Ruth direkt mal nichts zu meckern. Sie ist viel älter als Gisela, bestimmt schon achtzehn. Deshalb ist sie wohl auch Lagerführerin.

Außerdem mussten wir noch unsere Kluft in Ordnung bringen und die Schuhe auf Hochglanz polieren. Beim Ordnungsappell kontrollierte Ruth, ob alle Knöpfe an der Kletterweste und das Gebietsdreieck und der Salmi auf dem linken Ärmel richtig angenäht waren. Das Beste war, dass wegen der Besichtigung der Unterricht ausfiel. Fräulein Doktor Coenen war gar nicht damit einverstanden. Aber Ruth sagte:

»Der Dienst geht vor!«

An diesem Tag machte die Lagerführerin selbst

Meldung:

»Zweiundsiebzig Mädels zum Morgenappell angetreten, mein Bannführer!«

Gudrun durfte die Tageslosung aufsagen:

»Der Führer kennt nur Kampf, Arbeit und Sorge. Wir wollen ihm den Teil abnehmen, den wir ihm abnehmen können!«

Nachdem Gisela und eine von uns Jungmädels die Flagge gehisst hatten, sangen wir wie immer das »Deutschlandlied« und »Die Fahne hoch ...« Mein waagerecht ausgestreckter Arm wird dabei immer ganz lahm. Am liebsten hätte ich ihn wie sonst mit der linken Hand abgestützt. Aber wenn das Lager einen guten Eindruck machen soll, geht das natürlich nicht.

Der Bannführer war eine Stunde zu spät gekommen. Wir konnten schon gar nicht mehr stehen. Lilo wurde mal wieder ganz weiß im Gesicht, dann fing sie an zu wackeln und kippte um. Aber sonst hat alles gut geklappt, er war sehr zufrieden mit uns. Er hielt auch noch eine Ansprache. Ich glaube, wieder vom heldenhaften Kampf unserer Soldaten an der Ostfront und vom Endsieg, und dass wir dem Führer viele Kinder schenken sollen. Hauptsächlich Jungs.

Nachher befahl Ruth:

»Rührt euch!«,

Der Bannführer schritt unsere Aufstellung ab und fragte ein paar Mädels, wie viele Kinder sie mal haben wollen. Ich antwortete:

»Vier!«

Da freute er sich und sagte:

»Gut so, Mädel!«

In Wirklichkeit will ich aber nur zwei, denn mehr kann ich bestimmt nicht lieb haben. Gila, die so dünn ist, dass sie schon ein paarmal einen Extrateller Milchsuppe essen musste, rief ganz laut:

»Zehn!«

Dass ich nicht lache!

Letzte Woche wurde Frauke aus dem Krankenhaus entlassen. Käthe hatte damit angefangen. Plötzlich tat ihr der Hals ziemlich weh, sie war am ganzen Körper rot. Aber sie sagte nichts, weil wir doch nachmittags im Standortkino »Hitlerjunge Quex« sehen durften. Dann kam es aber doch raus, und sie musste ins Krankenhaus. Es war Scharlach. Unser Zimmer wurde desinfiziert, und das Lager kriegte für vier Wochen Quarantäne. Zwei Tage später musste Ilse auch weg, und dann wurden in der nächsten Woche Gertrud und Frauke krank, und die Quarantäne musste verlängert werden.

Sonntags marschierten wir zur »Villa Charlottenburg«, so heißt hier das Krankenhaus. Wir stellten uns draußen auf und brachten unseren Kameradinnen ein Ständchen. Käthe ging es schon besser. Sie stand im Nachthemd am Fenster und zeigte uns, wie sich die Haut von ihren Händen pellt. Sie pulte ganz vorsichtig dran, und danach sah die abgezogene Haut fast aus wie ein Handschuh.

Als Quarantäne war, passierte auch das mit Ulles Bruder. Nach dem Abendbrot wurde sie zu Fräulein Doktor Coenen gerufen. Das bedeutet nichts Gutes: Entweder ist man jetzt ausgebombt oder der Vater ist gefallen.

Ulle lag schon im Bett, als wir in unsere Stube kamen. Ich glaube, sie hatte sich nicht mal die Zähne geputzt. Sie weinte wie verrückt, und als wir sie fragten, was denn los sei, sagte sie:

»Mein Bruder ... Sein Schiff hat einen Volltreffer gekriegt!«

Keine wusste, was sie machen sollte, jede verkroch sich in ihr Bett und zog die Decke über den Kopf. Ich konnte es einfach nicht aushalten, wie sie so weinte und ging zu ihr und streichelte ihre Haare. Das Foto von ihrem Bruder lag auf dem Kopfkissen und war schon ganz nass.

Sonntag ist nun endlich der Lagerzirkus. Dreimal musste er verschoben werden, weil so viele Mädchen krank waren. Jede macht das, was sie am besten kann. Käthe, Lilo und Lisa führen Turnkunststücke vor. Lisa wagt sogar Spagat. Ich bin Zarah Leander und singe mit ganz tiefer Stimme:

»Isch weiß, es wirrd einmal ein Wuunderr geschähn ...«

[1990]

Manches ist sonderbar

... und so wohnte Frau Neben auch nicht *neben* uns, sondern genau gegenüber auf der anderen Seite der Kantstraße. Ich hatte unsere neue Nachbarin lange Zeit überhaupt nicht beachtet, denn sie und ihr Mann besaßen weder Kinder noch einen Hund oder waren sonst in irgendeiner Weise bemerkenswert. Aber in Mutters Briefen wurde Frau Neben als sehr hilfsbereit erwähnt, und Ende April 1944 lernte ich sie auch persönlich kennen – davon werde ich noch berichten. Damals hatten wir zehn Tage Urlaub von der KLV, als unser Lager von der Nordseeinsel Föhr an die schleswig-holsteinische Ostseeküste verlegt wurde. Mutter nutzte meinen Aufenthalt zu Hause, meine zu klein gewordene Kleidung zu ändern.

Während der vorangegangenen halbjährigen Lagerzeit in Wyk auf Föhr hatten wir häufig die feindlichen Flugzeugverbände gehört. Wir wussten, dass ihr Ziel unsere Heimatstadt war – die Insel lag genau in der Einflugschneise. Noch heute habe ich das Geräusch der Flugzeugmotoren im

Ohr. Unbeirrt und unbehelligt zogen sie – manchmal in mehreren Wellen – jenseits der Wolken über uns hinweg. Das Brummen, das sich zuerst nur wie ein ferner Bienenschwarm anhörte, schwoll an und blieb minutenlang über uns – drohend in gleichmäßiger Lautstärke –, bevor es langsam in der Ferne verebbte.

»Granaten über Kiel«

Mutter und Vater hatten mir geschrieben, dass sie nach den letzten schweren Angriffen jetzt bei Alarm immer in den Hochbunker an der Sedanstraße gingen. Vorsichtshalber ließ ich mir meinen Teddy schicken, denn bei mir war er sicherer als allein in der Kantstraße, während meine

Eltern im Bunker saßen. Natürlich passten ein zwölfjähriges »Jungmädel« (hart wie Kruppstahl!) und ein Teddy im blauen Samtanzug überhaupt nicht zusammen, aber andererseits: Was kann ein Teddy für den Krieg? Nach und nach fanden sich auch die Lieblingspuppen der anderen Mädchen ein – zu einem Teddy mochte sich allerdings sonst niemand bekennen. Tagsüber hockten nun unsere geretteten Lieblinge ein wenig verlassen auf den Strohsäcken unserer Etagenbetten, doch vorm Einschlafen sprachen wir heimlich mit ihnen, und nachts durften sie sich an uns kuscheln.

Im Laufe der zwölf Urlaubstage sollte ich dann selbst das Bunkerleben kennenlernen. Bei Voralarm griffen die Eltern nach dem kleinen Stadtkoffer mit dem Notwendigsten sowie nach der Tasche mit den Papieren, und wir machten uns auf den knapp zehnminütigen Fußweg Richtung Sedanstraße. Es dauerte immer eine Weile, bis wir mit dem Knäuel der anderen Schutzsuchenden in den Bunker hineinkamen. Meistens war vor dem eigentlichen Alarm aber Zeit genug. Denn wenn der Drahtfunk zum ersten Mal gemeldet hatte »Feindliche Verbände im Anflug auf Kiel«, blieb noch zirka eine Viertelstunde, bevor die Luftschutzsirenen zum richtigen Alarm heulten. Natürlich passierte es auch, dass der Höllenlärm schon einsetzte, bevor irgendeine Warnung kam.

Vater hatte vom Telefonanschluss an der Mauer des Nachbarhauses ein Stück Kupferdraht zu unserem Volksempfänger geleitet, so dass auch wir nun diesen Drahtfunk empfangen. konnten. Beim Auftauchen feindlicher Flieger begann im Lautsprecher der »Wecker« zu ticken. Das war ein Metronom, und wenn ich mir heute sein Ticken in Erinnerung rufe, würde ich dies auf eine Einstellung im Adagio-Bereich schätzen. Es war das Signal für die bald darauf folgende Durchsage der aktuellen »Luftlagemeldung.« Hierbei wurden die Position und das vermutete Ziel der feindlichen Flugzeuge bekannt gegeben, es gab »Voralarm«. Danach konnte man entscheiden, ob der Hochbunker aufgesucht werden sollte oder ob der Hauskeller als Schutz genügen würde. Ich fühlte mich allerdings auch im Bunker nicht völlig sicher, denn einmal hatte beim Einschlag einer Luftmine, die ganz in der Nähe niederging, der Betonkoloss bedrohlich geschwankt, und die Beleuchtung war für kurze Zeit ausgefallen. Doch sogar Volltreffer, so wurde gesagt, würden den mehrere Meter dicken Mauern nichts anhaben können.

Es war also im Frühjahr 1944, als ich einige Tage zu Hause verbringen durfte – endlich wieder zu Hause! Natürlich waren alle Schulkinder aus unserer Straße evakuiert, und ich hatte niemanden, mit dem ich mir die Zeit vertreiben konnte. Ich stand bei Mutter in der engen Küche herum und störte sie bei ihrer Arbeit.

Einmal legte sie ein Stück Zeitungspapier auf den Tisch und packte ein paar Pellkartoffeln, einige Wurzeln und eine abgekochte Speckschwarte darauf. Die Speckschwarte war eine Kostbarkeit. Sie schlug die Papierenden übereinander und sagte:

»Lauf mal schnell zum Ascheimer und leg dies oben auf die Asche, aber mach den Deckel gleich wieder zu!«

Kurze Zeit später kam ein kahl geschorener, hohlwangiger junger Mann den Fußweg hinter den Hausgärten entlang. Es war sehr kalt, der Junge trug nur eine dünne Jacke und keinen Mantel. Bei unserem Mülleimer, der im Garten dicht am Zaun stand, blieb er stehen und hob den Deckel. Er nahm das Zeitungspäckchen heraus und blickte verstohlen zu unserem Küchenfenster. Auf meine Frage erklärte Mutter:

»Das ist einer der Russen, die in unserer Gegend die Trümmer aufräumen müssen. Die armen Menschen leben im Lager und sind alle halb verhungert!«

Um mich zu beschäftigen, schickte sie mich zu den Nachbarn:

»Gerda, sag doch mal den Nachbarinnen guten Tag, sie freuen sich bestimmt!«

Zu Frau K. ging ich allerdings nicht, denn im Gegensatz zu Mutter hatte ich ihr immer noch nicht verziehen. Nachdem 1943 der »totale Krieg« ausgerufen worden war, wurden arbeitsfähige Frauen, die keine kleinen Kinder zu versorgen hatten, für kriegswichtige Tätigkeiten dienstverpflichtet; häufig handelte es sich dabei um Arbeiten in Rüstungsbetrieben. Mutter gelang es, sich hiervon befreien zu lassen, wahrscheinlich durch ein Attest unseres langjährigen Hausarztes, des verständnisvollen Dr. Heyse. Als sie dies während eines Gesprächs über den Gartenzaun erzählte, rief Frau K. empört:

»Pfui! Sie Drückebergerin!« und spuckte ihr vor die Füße.

Aber ich besuchte Frau Neben, eine große, hagere und zurückhaltende Frau, die etwas älter war als die übrigen Nachbarinnen. Wahrscheinlich wusste sie nicht recht, was sie mit mir anfangen sollte. Doch als sie merkte, dass ich ihren Bücherschrank interessiert musterte, lieh sie mir nach und nach die gebundenen Jahrgänge der Monatshefte von Velhagen & Klasing. In diesen Bänden mit den schönen bunten Bildern blätterte ich mit zunehmender Begeisterung und las mich hin und wieder an einer Geschichte fest.

Frau Neben sei ausgebildete Herrenschneiderin, hatte Mutter mir erzählt, und dabei klang ihre Stimme voll Hochachtung für die Frau, die einen Beruf gelernt hatte, der damals den Männern vorbehalten war.

»Sie kommt aus dem Osten«, erklärte sie und fügte etwas vage hinzu, »und hat in ihrem Leben viel durchgemacht.«

Frau Neben beriet Mutter beim Nähen meiner Kleidung und half beim Auftrennen des alten dunkelblauen Uniformmantels, der – gewaschen und gewendet – zu einer warmen Jacke verarbeitet werden sollte. Fasziniert beobachtete ich, wie sie zum Auftrennen nicht die übliche Nagelschere benutzte, sondern eine Rasierklinge. Die führte sie mit sicherer Hand unglaublich schnell durch den straff gespannten Faden der mit der anderen Hand auseinander gespreizten Nähte.

Von ihr stammte auch der Tipp, Schwarzbrotknüste auf der Heizung zu trocknen und danach in der ehemaligen Plätzchendose aufzubewahren. Und zwar als »eiserne Reserve« für die mit Sicherheit früher oder später zu erwartende Hungersnot. – Übrigens: Als wir nach dem Krieg wirklich hungerten, schmeckte solch ein harter Knust wie Kuchen. Aber vor allem konnte man lange daran kauen.

Ach – nun muss ich Mutter doch anschwärzen! Denn auf welche Weise könnte ich sonst Frau Nebens Neffen ins Spiel bringen?

Von diesem rätselhaften Thomas Hansen und seiner erstaunlichen Fähigkeit erfuhr ich erst an dem Tag, an dem Mutter und ich einen Tagesangriff im Keller unseres Hauses in der Kantstraße erlebten. Ängstlich hatte ich gefragt, ob wir denn nicht lieber wieder zum Bunker laufen sollten.

»Ach, nein«, meinte Mutter erschöpft, »wir sind doch gerade eben erst von da zurückgekommen! Lass uns diesmal hierbleiben!«

Durchs Wohnzimmerfenster beobachtete ich während des »Voralarms«, wie Frauen mit geschulterten Rucksäcken und Kleinkindern an der Hand oder vollbepackte Kinderwagen schiebend Richtung Bunker hasteten. Erst als der Flaklärm draußen zu unheimlich wurde, gingen wir nach unten. Mutter suchte nicht – wie von mir erwartet – unseren provisorischen Luftschutzraum im Heizungskeller auf, sondern stellte sich unter den Sturz des Durchgangs vom Vorrats- zum Vorkeller, also möglichst nahe an den Ausgang zum Garten. Diese Stelle wählte sie vermutlich, weil im Januar zwei Häuser weiter meine jüngeren Spielgefährtinnen Käthchen und Dorit im Heizungskeller verschüttet gewesen waren. Zum Glück konnten die Kinder gerettet werden.

Ich postierte mich Mutter gegenüber. Beide lehnten wir uns an die gekalkte Wand und stützten den Rücken etwas mit den Händen ab, damit unsere Kleidung nicht weiß wurde.

Wir sprachen kein Wort. Beim Heulen der Bomben und den anschließenden Detonationen zuckte ich zusammen. Mutter blieb scheinbar gelassen und sah mich hin und wieder mit abwesendem Blick an. Aber ihre Angst war fast greifbar – nicht die Angst um sich selbst, denn offenbar pflegte sie bei Tagesangriffen, wenn sie allein im Hause war, häufig nicht den sicheren Bunker aufzusuchen. Diesmal gefährdete sie mit einem derartigen Verhalten jedoch auch ihre Tochter, und heute kann ich mir vorstellen, welch schwere Vorwürfe sie sich damals gemacht haben muss!

Ich weiß nicht, wie lange wir uns so stumm gegenüber gestanden haben. Als es draußen ruhiger wurde, räusperte sie sich und begann dann zu sprechen:

»Thomas hat zu seiner Tante gesagt ...« Sie überlegte einen Augenblick, »hab ich dir schon erzählt, dass Frau Neben einen Neffen hat, auf den sie große Stücke hält?«

»Wie alt ist dieser Thomas denn?«, erkundigte ich mich.

»Er ist bereits erwachsen«, antwortete Mutter, »und bisher hat er viele Ereignisse vorausgesagt, die später auch eingetroffen sind. Er hat das *Gesicht.* − Ja, so etwas gibt es«, erklärte sie, als ich fragend guckte. »Thomas hat also *gesehen*, dass das Haus seiner Tante Maria den Krieg heil übersteht! Und bis jetzt«, fuhr sie fort, »hat er ja auch recht behalten: Die Bomben vom Angriff im Januar sind nicht auf ihr Haus, sondern auf die drei angrenzenden Häuser gefallen! Genau wie auf unserer Straßenseite. Bei uns ist doch auch noch alles einigermaßen heil, während die vier Häuser neben uns ein Trümmerhaufen sind! Das, was er gesehen hat, muss daher ebenso für unser Haus gelten.« Sie nickte entschlossen mit dem Kopf, als sie mit fester Stimme bekräftigte: »Ich glaube jedenfalls daran!«

Merkwürdig – diese Behauptung entsprach so gar nicht der nüchternen Einstellung meiner Eltern! Inzwischen war mir aber selbst etwas Sonderbares aufgefallen:

»Nun wird mir auch klar«, erklärte ich, »warum die Sprengbombe neulich nicht unser Haus getroffen hat, sondern nur unseren Garten!«

»Trotzdem, Gerda«, meinte Mutter nach einer Weile, »wenn uns keiner fragt, brauchen wir auch niemandem zu erzählen, dass wir heute nicht im Bunker waren.«

Ob Mutter ernsthaft an eine Vorhersehbarkeit von Ereignissen glaubte oder mir – und vor allem wohl sich selbst – in dieser Stunde nur die Angst hatte nehmen wollen, weiß ich nicht.

Nach dem kurzen Heimaturlaub kam ich mit der Kinderlandverschickung nach Grömitz, wo wir Schüler noch ein Jahr blieben – bis zum Ende des Krieges. Wenn ich hier nun voller Angst an meine Eltern im von Bomben heimgesuchten Kiel dachte, erinnerte ich mich daran, was Thomas Hansen *gesehen* hatte.

Und tatsächlich sollte er wieder recht behalten.

Zwar fielen im letzten Kriegsjahr in der Nähe Sprengbomben und Luftminen, so dass die Dächer von Frau Nebens und unserem Haus mehrmals abgedeckt wurden und Fensterscheiben und Türen zu Bruch gingen. Die Kanalisation wurde getroffen und der Garten nochmals verwüstet, aber es war schon richtig: Im Großen und Ganzen hatten unsere Häuser den Krieg heil überstanden.

[2002]

Der Weg nach Hause

Vor den Eichen sollst du weichen, doch die Buchen sollst du suchen. Diesen Spruch kenne ich für Gewitter. Auch jetzt toben Donnerschläge und Blitze, aber es sind von Menschen entfesselte. Kurz vor Kiel haben wir Schutz gesucht unter der alten Buche, die ihr erstes zartes Grün wie ein Dach über uns ausbreitet. Bis hierher haben wir es jedenfalls geschafft. Es ist am späten Abend des 2. Mai 1945.

Im KLV-Lager in Grömitz ist es einfach nicht mehr zum Aushalten! Tag für Tag erscheinen besorgte Mütter, um ihre Töchter nach Hause zu holen, und inzwischen ist mehr als die Hälfte der Schülerinnen abgereist. In der Wochenschau vor dem Heinz-Rühmann-Film haben wir die kahl geschorenen »Untermenschen« mit den slawischen Gesichtszügen gesehen und die von ihnen vergewaltigten Opfer: Frauen und auch Mädchen in unserem Alter. Unter Vergewaltigung können wir uns nichts Genaues vorstellen, aber es muss schlimmer sein als der Tod. Vom »Endsieg« sprechen nicht einmal unsere Führerinnen mehr. Wir haben Angst vor einem ungewissen Schicksal, denn die Ostfront rückt unaufhaltsam näher. Bei entsprechender Windrichtung dröhnt schon das dumpfe Grollen der schweren Artillerie über die Lübecker Bucht bis zu uns.

Am 21. April haben Inge und ich unsere Eltern schriftlich angefleht, uns ebenfalls nach Hause zu holen. Aber die Briefe wurden von der Lagerleiterin abgefangen und uns mit einer Standpauke zurückgegeben. Es gelang uns, den nächsten Hilferuf in einem unbeobachteten Augenblick an der Briefzensur vorbei in einen regulären Postkasten zu stecken. Inge ist erst vor kurzem aus einem anderen Lager gekommen. Sie bedeutet ein Stück Heimat für mich, denn unsere Eltern sind miteinander befreundet.

Vaters Antwort ist ein kategorisches Nein! In Grömitz seien wir sicherer als in Kiel, das wahrscheinlich zur Festung erklärt und damit Kampfgebiet werden würde. Im Übrigen habe er mehr Einsicht in das, was kommen könne, schreibt er etwas vage. Aber ich ahne, was er damit meint: Durch das regelmäßige Abhören der deutschsprachigen Sendungen des Londoner Rundfunks – etwas, wofür die Todesstrafe angedroht wird, – erfährt er mehr als andere, weniger mutige Leute. Später wird er mir erklären, er sei schon damals über den zwischen den Alliierten beschlossenen Verlauf der so genannten Demarkationslinie informiert gewesen und habe daher gewusst, dass die Russen jenseits der Elbe bleiben würden. »Sollte in Grömitz aber etwas ganz Unerwartetes geschehen«, lese ich in seinem Brief, »so bleibt Dir der Weg zu Familie Moll« Das wäre der für ein dreizehnjähriges Mädchen ziemlich lange Fußmarsch nach Beschendorf – ohne Karte und ohne jede Vorstellung, in welche Richtung überhaupt zu gehen sein würde.

Wir müssen also im Lager bleiben und fühlen uns von unseren Eltern im Stich gelassen. Geregelten Unterricht gibt es nicht mehr und auch keinen strengen BDM-Dienst. Fräulein Schatzmann und die andere Lehrerin, die sich als letzte noch nicht abgesetzt haben, versuchen uns zu beruhigen. Aber immer häufiger stehen sie mitten beim Essen von unserer gemeinsamen Tafel auf und verschwinden durch die Schiebetür ins angrenzende Lehrerzimmer, um die Nachrichten des Großdeutschen Rundfunks nicht zu verpassen. Ab und zu hören wir ihre entsetzten, kaum unterdrückten Ausrufe.

Manchmal werden wir jetzt auch zum Küchendienst eingeteilt, denn die beiden ukrainischen

Hilfen sind verschwunden, und mehrmals in der Woche müssen wir am Strand Treibholz für das Herdfeuer suchen. Jemand erzählt, es seien Leichen angeschwemmt worden. Wir überlegen, wo man sich vor den »Untermenschen« verstecken könne. Vielleicht im Schweinestall?

Von den beiden Schweinen lebt nur noch eins. Einmal, als Ilse und ich glaubten, es vor Hunger nicht mehr aushalten zu können, sind wir heimlich zum Stall gegangen und haben uns eine Steckrübe genommen. Wir wurden erwischt, als wir in der Küche nach einem Messer suchten, um sie zu zerteilen:

»Warum habt ihr das getan?«

»Wir hatten solchen Hunger!«

Darauf wusste die Führerin keine Antwort, doch sie schimpfte, wir hätten praktisch Kameradendiebstahl begangen, und das wäre überhaupt das gemeinste Verbrechen.

Ich berichte meiner Freundin Inge von unserer ehemaligen Stubengenossin, die als eine der Ersten von ihren Eltern abgeholt wurde, und an die ich plötzlich denken muss. Irgendwann hatten wir in unserer Stube abends nach dem Zapfenstreich vom »Endsieg« gesprochen, und als jemand einwarf: »Aber wenn wir den Krieg nun doch verlieren –

was dann?«, behauptete sie: »Dann begeht unsere Familie Selbstmord. Zuerst erschießt Vati uns Kinder und Mutti und dann sich selbst.«

Inge ist schon fünfzehn, also zwei Jahre älter als ich, und daher hat sie vielleicht recht mit ihrer Meinung:

»Das tut ihr Vater bestimmt nicht wirklich, das hat er sicher nur so gesagt.«

Am 2. Mai liest Fräulein Schatzmann uns morgens eine Meldung aus der »Hamburger Zeitung« vor:

»Führerhauptquartier, 1. Mai 1945. Der Führer Adolf Hitler ist gestern nachmittag auf seinem Befehlsstand in der Reichskanzlei, bis zum letzten Atemzuge gegen den Bolschewismus kämpfend, für Deutschland gefallen.«

Einige Mädchen beginnen zu weinen. Die Lagerleitung ordnet für abends eine Feierstunde zu Ehren des Führers an, für deren musikalischen Rahmen Ilse, Lilo und ich mit unseren Blockflöten sorgen sollen. Deshalb müssen wir drei auch nachmittags nicht mit zum Treibholzsammeln für unseren Küchenherd, denn wir brauchen Zeit zum Einüben passender Flötenstücke.

Als Mutter zur Tür hereinkommt, kann ich kaum

glauben, sie hier zu sehen!

»Pack schnell deine Sachen, Gerda!«, sagt sie fast atemlos, nachdem sie mich flüchtig begrüßt hat. »Inges Vater wartet draußen mit seinem Lastauto. Tante Henny ist auch mit. Wir wollen euch abholen und zusammen zurück nach Kiel fahren.«

Mit dem Packen bin ich schnell fertig, alles passt in meinen kleinen braunen Stadtkoffer und den Schulranzen. Mein Kopfkissen und die Federdecke steckt Mutter in einen Bettbezug. Nun müssen wir nur noch auf Inge warten, die mit den andern Mädchen unterhalb der Steilküste Feuerholz sucht.

Gegen sechs Uhr abends wirft Onkel Willy den Holzvergaser an und wir können endlich losfahren. Mutter, Inge und ich sitzen auf der offenen Ladefläche auf den Bettsäcken und lehnen uns mit dem Rücken an die Fahrerkabine. Gegen den kalten Wind habe ich mein rotes Kopftuch umgebunden. Kurz vorm Ortsausgang Grömitz hält der Wagen noch einmal an. Patientinnen der aus Kiel evakuierten Entbindungsstation der Universitätsfrauenklinik bestürmen Inges Vater, sie und ihre neugeborenen Babys mit nach Hause zu nehmen. Damit alle Platz finden, rücken wir auf der Ladefläche etwas zusammen.

Zunächst fahren wir in Richtung Neustadt, also statt nach Norden in südliche Richtung und damit näher zur Front.

»Auf der anderen Strecke ist kein Durchkommen«, erklärt Mutter, »auf der Hinfahrt haben wir Stunden gebraucht! Da sammeln sich die Überreste der deutschen Truppen, für Zivilisten sind die Straßen gesperrt.«

Unterwegs begegnen uns Soldaten versprengter Einheiten. Viele sind verwundet, humpeln oder werden von ihren Kameraden gestützt. Alle sehen schmutzig, zerlumpt und erschöpft aus. Rechts und links der Straße stehen verlassene Wehrmachtsfahrzeuge, die vor kurzem zerschossen wurden, einige brennen noch.

Tante Henny auf dem Beifahrersitz klopft an das kleine Fenster zur Ladefläche. Sie zeigt nach oben:

»Tiefflieger!«

Unser Wagen stoppt. Vor der Abfahrt hat Onkel Willy uns gesagt, was zu tun ist. Wir springen hinunter und werfen uns in den Straßengraben mit dem Gesicht nach unten. Das Flugzeug kommt von vorn, es folgt dem Lauf der Chaussee und donnert dicht über uns hinweg, wir hören das Tacktacktack der Bordkanone. Meine Gedanken setzen aus, während über meinen Hinterkopf ein merkwürdiges Kribbeln läuft. Eine Zeit lang warten wir ab, ob die Maschine wieder zurückkommt und uns erneut aufs Korn nimmt oder vielleicht doch abdreht. Mehrere Male noch müssen wir im Graben oder am Wegesrand Schutz suchen. Die Babys schreien und die Wöchnerinnen wimmern. Mutter und ich sind stumm vor Angst und passen auf, dass wir zusammen bleiben.

Wird jemand von den andern verletzt oder getötet? Sehen wir Leichen in den zerschossenen Militärfahrzeugen oder neben der Straße? Waren es vorhin auf dem Dorfplatz wirklich zwei tote deutsche Soldaten, die an einem Baum hingen? Mit einem Stück Pappe um den Hals »Ich bin ein Deserteur!«? Es sind vom Bewusstsein nicht zugelassene Bilder: Augen-Blicke, in denen es Mutter nicht gelingt, mich abzulenken oder meinen Kopf rechtzeitig wegzudrehen.

Jetzt steht unser Fahrzeug unter der Buche. Ihr zartes Blätterdach hebt sich wie ein schwarzer Scherenschnitt ab gegen den helleren Nachthimmel. Wir sind zu müde, um wieder einmal von der Ladefläche hinunterzuspringen. Über Kiel tobt ein Luftangriff, es blitzt und kracht ohne Pause. Irgendwann nach Mitternacht wird es ruhiger. Noch einmal durchrüttelt Tante Henny mit einer Eisenstange das glimmende Holz im Generator – wir fahren weiter.

Es ist nach ein Uhr nachts, als wir in der Sege-berger Landstraße endlich das Grundstück erreichen, auf dem die Trümmer von Inges Elternhaus liegen. Durch einen behelfsmäßigen Eingang steigen wir die Stufen hinunter in den notdürftig als Wohnraum hergerichteten Keller.

»Gerda, wir wollen jetzt weiter!«

Ich muss geschlafen haben. Tante Henny versucht uns zurückzuhalten, es sei zu gefährlich, sich in der Nacht auf den Weg zu machen. Obwohl es im Moment ruhig sei, dauere der Alarm vermutlich an, die Entwarnungssirene habe noch nicht geheult.

»Nein, wir müssen los«, beharrt Mutter, »ich bin unruhig und will nach Hause. Johann macht sich bestimmt große Sorgen um uns.«

Wir marschieren mit leichtem Gepäck, meinen Koffer und den Bettsack werden wir später abholen. Dies ist ein Stadtteil, in dem Mutter sich nicht auskennt.

»Erstmal bis zum Hauptbahnhof«, entscheidet sie, »ab da finden wir uns ja zurecht.«

128

Wir versuchen, uns an den Schienen der Straßenbahnlinie 4 zu orientieren und gehen mitten auf der Fahrbahn. Das ist auch besser, falls freistehende Hausfassaden einstürzen. Außer uns ist niemand unterwegs, die Menschen haben sich noch in den Bunkern und Kellern verkrochen.

Knapp acht Kilometer Fußweg liegen vor uns. Hin und wieder treffen wir auf zerstörte Straßenbahnwagen. Wenn eine 4 darauf steht, hoffen wir, auf richtigem Kurs zu sein.

»Brennendes Kiel«

Eine hinter der anderen klettern wir über abgerissene Stromführungsstangen und Telefondrähte, über Trümmerhaufen und um Bombentrichter herum. Ständig sind Detonationen zu hören, an vielen Stellen brennt es, es riecht beißend nach Rauch, manchmal brummen Flugzeuge über uns, irgendwo heult eine Sirene, die nicht wieder aufhören will und schließlich mit einem Jaulton verstummt. Unsere Füße gehen wie von selbst, Angst haben wir nicht mehr, wir schweigen, zum Reden sind wir zu erschöpft.

Langsam graut der Morgen, nun ist es nicht mehr weit. Wir biegen in den Gartenweg ein: Gott sei Dank, unser Haus steht noch! Erst jetzt werden wir uns der Gefahr bewusst, die letzten hundert Meter laufen wir, so schnell wir können. Wie immer ist die Kellertür unverschlossen. Tante Hanna hat uns als Erste gehört, kurz darauf kommen Vater und Anna zu uns in die Küche. Vater ist so froh, uns wiederzusehen, dass er beinahe vergisst, mit Mutter zu schimpfen:

»Was hast du dir bloß dabei gedacht, nun doch nach Grömitz zu fahren und euch beide in solche Gefahr zu bringen! Wir hatten es doch anders besprochen!«

»Hätte ich Gerda denn wirklich dort ganz allein

lassen sollen?«

»Na, es ist ja gut gegangen, ihr habt unwahrscheinliches Glück gehabt«, meint er, »ihr lebt, und das ist schließlich die Hauptsache!«

[1999]

Erstdruck in: »Brückenschlag Zeitschrift für Sozialpsychiatrie . Literatur . Kunst«, Bd. 17 2001, Paranus Verlag, Neumünster 2001

Mutter

Ich sehe sie vor mir: Mit ihren wenig mehr als eineinhalb Metern Körpergröße ist sie kleiner als ich, sie steht in der geöffneten Haustür, ein liebevoll abwartender Ausdruck liegt auf ihrem Gesicht. Es ist vormittags, über dem Kleid trägt sie eine saubere Schürze. Zur Begrüßung reicht sie mir wie üblich nur ihre Hand. Doch ich weiß, wie sehr sie sich über meinen Besuch freut: Sie hat mein Leibgericht gekocht und in mein früheres Zimmer eine Vase mit frischen Blumen gestellt.

Ich sehe sie vor mir – die Mutter meiner Kindheit: Mutter bei der Hausarbeit. Ungeduldig bläst sie mit vorgeschobener Unterlippe die Haare aus der Stirn, die sich aus ihrem Nackenknoten gelöst haben.

»Meine Hände ...!«, seufzt sie oft. Sie sind von den scharfen Reinigungsmitteln gerötet, geschwollen und rissig. Und klein sind sie, kaum größer als meine. Manchmal probiere ich ihre Glacéhandschuhe an, die in der obersten Schublade der rot gestrichenen Flurkommode liegen. Das Leder duftet fremdartig und gleichzeitig vertraut: Mouson-

Creme und »Uralt Lavendel mit der Postkutsche.«

Ich sehe sie vor mir: Es ist abends, Mutter sitzt auf meiner Bettkante, um mir »Gute Nacht« zu sagen. Bevor sie sich wehren kann, habe ich meine Arme um ihren Hals gelegt, ziehe ihren Kopf zu mir herunter und küsse sie auf Stirn, Augen, Nase, Wangen, Kinn und Mund. Immer in der gleichen Reihenfolge. Scheinbar überrumpelt lässt sie mich gewähren, aber ich spüre, wie gern sie diese Zeremonie hat. Warum sie zu uns Kindern so zurückhaltend war mit Zärtlichkeiten, habe ich nie herausgefunden. Lag es an ihrer Erziehung, Weltanschauung oder nur an ihrer Schüchternheit?

Es muss 1937 oder 1938 gewesen sein – ich war fünf oder sechs Jahre alt – als sie wegen einer lebensbedrohenden Krankheit operiert werden musste; längere Zeit danach blieb sie im Krankenhaus. Diese Wochen ohne Mutter dehnten sich, und wenn ich sie mir heute in Erinnerung rufe, sind sie erfüllt von Empfindungen wie Leere und Verlassenheit. Vormittags, wenn meine Geschwister die Schule besuchen, bringt ein älterer Nachbarsjunge mich zu einem Kindergarten. Ich kenne dort niemanden und niemand scheint sich für mich zu interessieren. Die fremden Kinder singen unbekannte Lieder und spielen mir nicht vertraute Spiele. Mit erstaunlicher Geschicklichkeit falten sie Schachteln und Körbchen aus Papier. Ich schäme mich, weil ich nicht weiß, wann dafür welche Brüche zu kniffen oder welche Ecken umzubiegen sind.

Warum Mutter in die Klinik musste, verstand ich nicht – sie hatte vorher doch gar nicht krank im Bett gelegen! Vermutlich habe ich sie auch besucht, denn ich erinnere mich an eine lange Fahrt mit der Straßenbahn, auf der eine fremde Frau meinen Teddy bewundert. Er trägt einen neuen blauen Samtanzug, den Mutter während ihres Klinikaufenthalts genäht hat.

Ich sehe sie vor mir und habe den Eindruck von Sanftmut und Nachgiebigkeit. Dabei konnte sie auch anders sein.

Die Eltern haben sich gestritten, ich weiß nicht, worum es geht – wahrscheinlich um Geld, das nie reicht, denn Vater ist arbeitslos. Mutter hantiert gerade an der Schublade mit den Essbestecken. Durch eine Bemerkung Vaters gerät sie vor Zorn so außer sich, dass sie die Schublade mit einem Ruck ganz herauszieht und samt Inhalt scheppernd auf den Linoleumfußboden fallen lässt. Anstatt jedoch alles wieder aufzusammeln, stürmt sie aus dem Zimmer und aus dem Haus, die Türen laut hinter sich zuschlagend. Natürlich kommt sie nach kurzer Zeit wieder zurück, Vater sagt zärtlich »kleine Marga« zu ihr, und alles ist wieder gut.

Ich sehe sie vor mir: Ihr Gesicht zeigt einen ratlosen Ausdruck: Ich habe ein Fünfzig-Pfennig-Stück aus ihrem Portemonnaie genommen. Mutter hat es entdeckt und mich zur Rede gestellt. Ich streite meinen Diebstahl ab. Sie hebt ihren rechten Arm und gibt mir eine Ohrfeige. Damals bin ich vielleicht zwölf Jahre alt und fast so groß wie sie. Den Schlag auf meine Wange spüre ich kaum. Trotzdem beginne ich zu weinen wie bei starkem körperlichen Schmerz. Instinktiv weiß ich: Ich darf meiner kleinen Mutter nicht zeigen, dass sie zu schwach ist, mich in ihrem gerechten Zorn fühlbar zu bestrafen.

Als meine Geschwister mit der Kinderlandverschickung fort waren, hatte ich tagsüber Mutter ganz für mich; Vater arbeitete inzwischen als Buchhalter auf der Werft und kam erst abends nach Hause.

In den Sommerferien und bei schönem Wetter darf ich im Garten frühstücken. Ich tauche das

Brötchen in meinen Becher mit dem Kakao – damals ein Hochgenuss für mich, den ich mir nur in unbeobachteten Augenblicken erlauben durfte. Mutter sitzt bei mir, und anstatt mich wegen schlechter Tischmanieren zurechtzuweisen, sieht sie mir lächelnd zu.

Manchmal war sie etwas eigensinnig. Es muss im ersten oder zweiten Kriegsjahr gewesen sein, denn wir lebten alle noch zu Hause – merkwürdig, welche Ereignisse ein Kind in seinem Gedächtnis speichert!

Eines Nachts sitzen wir bei Fliegeralarm in unserem Heizungskeller, der der Familie als Luftschutzraum dient. Nur Mutter fehlt noch. Vater ruft nach ihr.

»Ich kann mein Taschentuch nicht finden!«, entgegnet sie, als ob dies im Augenblick der Gefahr wichtig sei.

Vater ruft mehrmals, und immer erhält er die gleiche Antwort. Schließlich läuft er nach oben, um sie zu holen. Da kommt Mutter endlich die Kellertreppe herunter, ein zerknülltes Taschentuch in der Hand. Ich sehe sie vor mir: Sie hat den Kopf etwas schief nach hinten geworfen und ein trotziger Zug liegt um ihren Mund.

In seinen Erinnerungen berichtet Vater über das Jahr 1933, gerade hatten die Nazis ihn vom Dienst suspendiert. Er galt als befähigter und erfolgreicher Lehrer, und man machte ihm Hoffnungen auf Wiedereinstellung, dafür müsse er nur in die SA oder den NS-Lehrerbund eintreten.

»Wenn du das tust, Johann«, soll Mutter gesagt haben, »lass ich mich scheiden!«

Ohne sie hätte Vater die Jahre der Arbeitslosigkeit wohl kaum unbeschadet durchgehalten, vor allem psychisch nicht. Ihr gelang es außerdem, mit dem wenigen Geld auszukommen. So nähte sie die Kleidung für sich und uns Kinder und führte eine Zeit lang einen so genannten Mittagstisch, indem sie wochentags für Handwerker der nahen Baustelle des Hohenstaufenrings (jetzt Westring) eine warme Mahlzeit kochte. Die Männer fanden sich mittags in unserem Esszimmer ein, nachdem sie sich über dem Ausguss in der Küche die Hände gewaschen hatten. Später vermietete sie vorübergehend unsere 1938 auf dem Dachboden gebaute Kammer und erwirtschaftete auch damit etwas Geld. Während einiger Wochen wohnten dort zwei Anstreicher aus Sachsen. Sie waren immer vergnügt, und schon wenn sie zu sprechen begannen, musste ich lachen. Zum Abschied schenkte einer von ihnen mir kleinem Mädchen eine Halskette mit einem geschnitzten Rosenanhänger aus bemaltem Holz. Er hatte wohl beobachtet, dass ich meine große Schwester wegen ihres elfenbeinernen Rosenanhängers beneidete.

Mutter kam aus einem gutbürgerlichen Elternhaus; ihr Vater Johannes Reumann war in Flensburg Oberstufenlehrer einer Volksschule und damit ein hoch geachteter Bürger. Schon sein Vater hatte in Clevendeich bei Ütersen den gleichen Beruf ausgeübt. Ihre Mutter Anna Lorenzen (die zweite Frau des verwitweten Mannes) stammte von der Westküste aus einer begüterten Bauernfamilie. Daher konnte nach dem frühen Tod von Mutters Vater der bescheidene Wohlstand der Familie gehalten werden. Die vier Kinder (neben Marga und Hanna gab es aus der ersten Ehe noch Elsa und Kurt) hätten später sogar mit etwas Vermögen rechnen können – wenn die Zeiten stabil geblieben wären und das Geld durch die Inflation nicht seinen Wert verloren hätte.

Es waren also Mittel vorhanden, Mutter den heiß ersehnten Besuch der Kunstgewerbeschule zu ermöglichen. In Flensburg war dies in damaliger

Zeit für ein Mädchen noch ein ungewöhnlicher Ausbildungswunsch. Enge Freundinnen wurden dort ihre Mitschülerinnen Anna Hochreuther und Annemarie Hansen. Linolschnitte dieser später recht bekannt gewordenen Künstlerinnen entdeckte ich in Mutters Nachlass. Mutter selbst spezialisierte sich auf Schriftenmalerei und Musterzeichnen. Sie beteiligte sich an Ausstellungen und Wettbewerben und erhielt ab und zu Aufträge, vor allem für Stickereien nach ihren fantasievollen Entwürfen, auch in der so genannten Freihandstickerei. Ebenfalls nach ihren Entwürfen wurden Schalen, Kästchen und Holzdosen gedrechselt.

In den ersten kinderlosen Jahren ihrer Ehe hat sie offenbar noch zu arbeiten versucht. Bald blieb ihr jedoch keine Zeit mehr, und sie verstaute ihre Zeichenmappe tief unten im geräumigen Kleiderschrank. Dort fand ich sie nach Vaters Tod. Erst jetzt stellte ich mit Erstaunen fest, welch wirkliche Begabung in Mutter gesteckt hatte. Ihre Arbeiten beweisen eine absolut sichere, geschulte Hand, sprühenden Einfallsreichtum und vollendetes Formempfinden.

Doch hätte ich dies natürlich schon viel früher erkennen müssen! Ich denke dabei an die fantasievolle, perfekt ausgeführte Bauernmalerei, mit der sie die vorher von ihr leuchtend blau gestrichenen altertümlichen Holzbetten und Kommoden sowie einen Kleiderschrank verzierte. Damit wurde Annas und meine gemeinsame Dachkammer möbliert, die wir kurz vor Kriegsbeginn bezogen. Später, als wir Kinder aus dem Haus waren, fertigte sie als Geschenke ca. 15 cm große Puppen aus gewickelter Wolle an, die sie als Indianer, Chinesen, Rotkäppchen, zierliche Pagen u. Ä. kleidete. Jede einzelne Figur war ein Kunstwerk!

Als Vater im Sommer 1945 Schulrat in Eutin und später Regierungs- und Schulrat in Schleswig wurde, blieben Anna und ich während der Woche mit Mutter allein, denn Fritz kam erst im Februar 1948 aus englischer Kriegsgefangenschaft zurück. In meiner Erinnerung erscheint es mir, als wäre damals an manch kaltem Wintertag unsere kleine Küche vollgestopft gewesen mit jungen Besuchern – überwiegend mit Studenten.

Später, als wir wieder einen Wohnraum heizen konnten, versammelten sie sich in unserer Stube. Es waren Schützlinge von Tante Hanna, auf die sie als Fürsorgerin im Wohnungsamt aufmerksam geworden war: Junge Menschen, die in den Wirren des Krieges ihre Familie verloren hatten, und entlassene Soldaten, deren Angehörige in einer anderen Besatzungszone lebten. Es kamen auch Söhne von Mutters und Vaters Jugendfreunden aus Flensburg, die in Kiel studierten und jedenfalls einmal in der Woche in eine familiäre Atmosphäre eintauchen wollten. Die Stunden in der Kantstraße ließen sie die überfüllten provisorischen Hörsäle in ausgedienten Fabrikhallen und ihre kalte Bude in einem zerbombten Haus, auf einem Wohnschiff, in einem Bunker oder einem anderen Massenquartier vergessen.

Regelmäßig mittwochnachmittags erscheint einer nach dem anderen. Mutter hat eine große Kanne Tee zubereitet, wir sitzen um den Esstisch herum, philosophieren, necken einander oder freuen uns nur einfach über unser Beisammensein. Mutter erkundigt sich nach den Alltagssorgen der Gäste, die froh sind, eine aufmerksame Zuhörerin zu haben und deren mütterliche Anteilnahme dankbar empfangen. Sie selbst meinte damals, wir Töchter seien der Anziehungspunkt für die jungen Männer. Heute glaube ich, dass es Mutter war mit ihrer sanften, verständnisvollen Zuwendung.

Allerdings, für zwei von ihnen traf dies nicht ausschließlich zu: Der eine wurde später mein Ehemann. Der andere eröffnete Mutter eines Tages, er habe sich in mich verliebt und erwarte ihren Rat, wie er es anstellen solle, damit ich seine Gefühle erwidere. Er sei fest entschlossen, mich zu heiraten, sobald ich das entsprechende Alter erreicht haben würde. Er gehörte zu jenen, die durch Arbeits-, Wehr- und Kriegsdienst um ihre Jugend betrogen worden waren. Mit seinen achtundzwanzig Jahren war er doppelt so alt wie ich und in meinen Augen bereits ein Greis. Wie es Mutter gelang, ihn von der Aussichtslosigkeit seines Vorhabens zu überzeugen und ihn trotzdem nicht zu verletzen, weiß ich nicht.

Mutter, 1948

Sie war ohne Falsch, hatte einen lauteren Charakter und besaß Herzenstakt – ein Wort, das heute bezeichnenderweise vergessen ist. Ihr vertrauten wildfremde Personen ihr Innerstes an – manchmal staunte sie selbst darüber. Jeden Menschen nahm sie ernst und setzte immer voraus, er sei guten Willens. Wenn jemand abfällig über einen anderen sprach, verteidigte sie ihn: »Man muss doch bedenken, was er/sie durchgemacht hat ...«, sagte sie zum Beispiel. Oder: »Er/Sie hat es bestimmt nicht böse gemeint!«

In den ersten Jahren nach dem zweiten Weltkrieg existierte tatsächlich die von vielen Menschen ersehnte klassenlose Gesellschaft. So war es nicht ungewöhnlich, dass im Haus eines einfachen Schulrats an einem Abend ein Minister, ein bekannter Bauhaus-Maler, ein komponierender Musikprofessor, ein Verwaltungsjurist und ein wienerisch sprechender Friesischforscher beisammen saßen, um über Gott und die Welt zu diskutieren. Mutter mischte sich in diese Gespräche nie ein. Jedoch nickte sie bei besonders klugen und vernünftigen Äußerungen zustimmend mit dem Kopf und sorgte im Übrigen dafür, dass Kaffee nachgeschenkt wurde und Zucker- und Milchtopf herumgingen.

Zu jener Zeit verstand ich nicht, warum sie

stumm blieb. Ich glaubte, sie hätte tatsächlich nichts Eigenes zu sagen, in meiner jugendlichen Arroganz sah ich sogar ein wenig auf sie herab. Doch Mutter lag es einfach nicht – es war ihr geradezu wesensfremd! –, vor Publikum ihre Gedanken auszubreiten. Übrigens hätte Vater sie auch ohnehin kaum zu Wort kommen lassen, denn er war geübter im Diskutieren und formulierte gewandter. Und natürlich verschaffte er sich mit seiner volltönenden Stimme auch eher Gehör.

Dass Mutter Zivilcourage zeigte, ist hierzu nur ein scheinbarer Widerspruch. Ich entsinne mich eines Vortragsabends in der Aula der Humboldtschule, an dem Vater die Pläne der damals sozialdemokratisch geführten Landesregierung zur Schulreform darlegte, die bekanntlich eine sechsjährige Grundschule vorsah. Mutter und ich befanden uns zu seiner moralischen Rückenstärkung unter den Zuhörern. Ich war ziemlich aufgeregt, denn ich hatte Angst vor der Schande eines sich möglicherweise in seiner Rede verhaspelnden Vaters. Mutter nahm äußerlich gelassen den Platz neben mir ein. Natürlich teilte sie meine Ängste nicht, denn sie hatte ihren Mann schon oft als versierten Redner erlebt. Allerdings befürchtete sie polemische Angriffe politischer Gegner – besonders eines Herrn Dr. Schw., den wir bereits einige Reihen hinter uns entdeckt hatten –, und dass Vater sich hierüber zu sehr ereifern würde. Als es dann tatsächlich zu einer verbalen Attacke dieses Herrn kam, tönte ein lautes und deutliches »Pfui!« durch den Saal. Es war Mutter, die diesen Zwischenruf nicht hatte unterdrücken können! Ich sehe sie noch vor mir, wie sie danach mit hochroten Wangen und blitzenden Augen kerzengerade auf ihrem Stuhl sitzt.

Über Mutter habe ich mir erst in den Jahren nach ihrem Tod bewusst Gedanken gemacht. Sie starb im Februar 1965, zwei Wochen nach ihrem 69. Geburtstag.

Mir wurde klar, wie ungewöhnlich lebensklug, gebildet und belesen sie gewesen war. Und wie oft hatte sie schon lange vor anderen den so genannten Nagel auf den Kopf getroffen! Doch immer hielt sie sich selbst im Hintergrund, um ihrem Mann und auch uns Kindern den Vortritt zu lassen.

Viele gute Erinnerungen habe ich an sie – aber natürlich auch weniger gute. Es gab Zeiten, in denen ich glaubte, ohne ihre Liebe und Zuwendung auszukommen. Mutter hat darunter gelitten – wie sehr, das kann eine Tochter erst ermessen, falls das

Gleiche sich eine Generation später wiederholt.

Ich sehe sie vor mir, wie sie in ihren letzten Jahren abends mit einem Buch in der Sofaecke sitzt. Und wie sie hin und wieder ihre Lektüre unterbricht, um aufmerksam zuzuhören, wenn Vater aus einem Aufsatz vorliest, den er an seinem Schreibtisch gerade für eine Fachzeitschrift konzipiert:

»Was meinst du, Marga, kann man dies so sagen?«

Wie gern hätte ich Mutter besser gekannt und mehr von ihr gewusst, und wie gern würde ich mit ihr reden – besonders jetzt, wo ich bereits älter bin als sie werden durfte!

[1992/2007]

Erinnerungen
und
Historie

Wer glaubt, dass es eine objektive Wahrheit gibt oder eine durch nichts beeinflusste Erinnerung, ist entweder naiv oder macht sich selbst etwas vor. Bei den in unserem Gedächtnis gespeicherten Bildern kann es sich immer nur um die Annäherung an ein früher stattgefundenes Ereignis handeln. Historiker behaupten allerdings gern, die von ihnen in Dokumenten entdeckten und geprüften Daten seien unangreifbar. Sie selbst wissen es besser, denn alles, was von Menschen dokumentiert wird, unterliegt möglichen Irrtümern und Fehleinschätzungen.

Ein Beispiel hierfür mögen die Aufzeichnungen des Erzbischofs Jean Turpin von Reims sein. Um 1100 berichtet dieser, 782 habe Karl der Große in Verden an der Aller auf seinem Feldzug gegen die Sachsen 4.500 Gefangene töten lassen. Hier handelte es sich jedoch um einen erst bedeutend später entdeckten Übertragungsfehler aus den Originaldokumenten: Das lateinische »delocati« (ausgesiedelt) wurde zu »decollati« (hingerichtet)! Ähnliche Unzuverlässigkeiten weist das mit Fabeln angereicherte Geschichtswerk aus dem Jahr 1278 des Martin von Troppau auf, das jahrhundertelang als Handbuch der Geschichte des Mittelalters galt und somit Grundlage war für darauf fußende Forschungen.

Ein anderes Beispiel stammt aus jüngster Zeit. Es geht dabei um ein Projekt, das den Anspruch erhebt, über das World Wide Web Bildung zu vermitteln und wird von einem renommierten, den europäischen Markt beherrschenden Verlagskonzern angeboten. Wir Zeitgenossen erkennen selbstverständlich sofort, dass es sich um einen Eingabefehler handelt, wenn hier dokumentiert wird, das endgültige Zusammenbrechen des so genannten Ostblocks habe mit der Öffnung der Berliner Mauer im Jahr **1889** stattgefunden – ein Fehler, der inzwischen korrigiert wurde. Nicht auszudenken, hätte dieser Fehler jemals Eingang in die Geschichtsbücher gefunden!

Die Quellen, derer Historiker sich bedienen, sind also häufig nackte Zahlen, die – wie man sieht – hin und wieder falsch sein können. Hinzu kommen Niederschriften bedeutender Zeitgenossen. Letztere können jedoch nur Berichte über Ereignisse sein, nicht die Ereignisse selbst. Nun ist bekannt, dass die Wahrnehmung des Menschen immer selektiv ist. Wäre sie es nicht, würde unter der Fülle der Daten ein Chaos in seinem Gehirn ausbrechen. Die Auswahl also, die selbst der zuverlässigste Augenzeuge und Berichterstatter eines Geschehens trifft, und zwar weitgehend sogar unbewusst, beruht auf seiner gerade zu diesem Zeitpunkt vorherrschenden geistigen, psychischen und natürlich auch körperlichen Disposition. Man könnte sagen, sie hängt davon ab, wie er zu exakt jenem Zeitpunkt »programmiert« ist.

Aber sogar bewusst werden immer wieder Daten manipuliert oder unterschiedlich interpretiert. Man hebt z. B. bestimmte, in die jeweilige Weltanschauung passende Ereignisse hervor und vernachlässigt andere, knüpft scheinbar logische Verbindungen oder befördert Vermutungen in den Rang von Tatsachen. Die Geschichtsdarstellungen totalitärer Staaten haben dies gezeigt und zeigen es noch.

Geschichte als solche lässt sich erst verstehen durch persönliche Zeitzeugenberichte. Dazu gehört die Vielzahl mehr oder weniger durchaus subjektiv gefärbter Erinnerungen. Und zwar nicht nur Zeugnisse derjenigen, die das Schicksal eines Volkes bestimmen, sondern vor allem auch die Berichte der Menschen, die dieses Volk ausmachen. Zusammen mit Daten und Fakten, die mit neuesten wissenschaftlichen Methoden mehrfach überprüft worden sind, kann so das am ehesten authentische Bild einer Epoche entstehen. Und zwar ein mit Leben erfülltes, das nachfolgenden Generationen zu helfen vermag, vergangene Zeitabschnitte zu begreifen, früher gemachte Erfahrungen zu nutzen, und vielleicht sogar aus schon einmal gemachten Fehlern zu lernen!

[2001]

Erläuterungen

August 1941: Alle Kieler Schüler werden aufgrund einer ministeriellen Anordnung wegen des lückenhaften Unterrichts ohne Notengebung in die nächst höheren Klassen versetzt, s. Hans Schöner in: Das Gymnasium Wellingdorf, Neumünster 1989

Ausgestreckter rechter Arm: NS-Gruß, zu entrichten während des »Deutschland-« und »Horst-Wessel-Lieds« [»Die Fahne hoch …«]

Bannführer: Hoher Rang in der Hitlerjugend (NS-Jugendorganisation)

BDM: Bund deutscher Mädel, NS-Jugendorganisation (Pflichtmitgliedschaft ab 14 Jahren)

Bittergrün: Entstanden aus »Bitte, grün!«

Braun, Fritz, Dr. phil.: 1934 als Beamter (Arbeit am Atlas der deutschen Volkskunde) entlassen auf der Grundlage der »Nürnberger Rassen-Gesetze«

Bunker: Hier Sedanbunker, gebaut zum Schutz für rd. 1000 Personen, später suchen ihn bis zu 8.000 Personen auf

Deutsche Normalschrift: Eine etwas abgewandelte lateinische Schreibschrift, die in den Schulen ab Herbst 1941 eingeführt wird und die deutsche Sütterlin-Schreibschrift ersetzt

Dienst: Damit werden Aufgaben im BDM/JM bezeichnet

Drahtfunk: Nachrichtensystem, das mit Hilfe der Telefonleitung verbreitet wird

Engländer mit dem Regenschirm: Arthur Neville Chamberlain, Brit. Premierminister; 1938 sucht Ch. Verständigung mit Hitler im »Münchner Abkommen«, wodurch die Kriegsgefahr vorläufig abgewendet wird

Fesselballon: Mit Drahtseilen am Boden verankert; soll Tiefflieger behindern

Feuerpatsche: Besenstiel, an dessen einem Ende ein Scheuerlappen befestigt ist

Flak: Flugzeugabwehrkanone

Führer: Reichskanzler Adolf Hitler

Gebietsdreieck: Ärmelabzeichen, hier mit der Aufschrift: Gebiet Nordmark

Goebbels: Reichsminister für Volksaufklärung und Propaganda

Hansen, Annemarie; Hochreuther, Anna: Arbeiten der beiden Künstlerinnen aus dem Nachlass von Marga Reumann(Ohrtmann) wurden inzwischen dem Flensburger Museum übergeben; dort waren sie 1995 in der Ausstellung »Frauenkunst« zu sehen

Hinrichsen: Martha Hinrichsen(-Beuksen), ehemals Vorsitzende der von den Nationalsozialisten verbotenen Kieler Gruppe der Internationalen Frauenliga für Frieden und Freiheit, s. Brömel/Ohrtmann: »Sind Kriege notwendig?«

Hohenstaufenring; Hohenzollernring: Jetzt Westring

Hohes Tier: Ranghoher Führer in der NS-Jugendorganisation

Höllenlärm: Lärm der Flak, detonierender Bomben und einstürzender Gebäude

Holzdosen: Und Arbeiten von Marga Reumann aus ihrer Zeichenmappe zeigte das Flensburger Museum 1992 in seiner Art-déco-Ausstellung

Holzvergaser: Benzin für zivile Fahrzeuge gibt es nicht mehr. Lkws fahren mit Holzgas; (Holzvergaser (Ofen) auf der Ladefläche)

JM: Jungmädel, NS-Jugendorganisation (Pflichtmitgliedschaft ab 10 Jahren)

Kletterweste: Senfgelbe kurze Uniformjacke, scherzhaft »Affenjacke« genannt

Kluft: Das ist die Uniform, die zu bestimmten Anlässen getragen wird

KLV: Kinderlandverschickung

Kriegsbeginn: Nach dem Überfall Deutschlands auf Polen am 01.09.1939 erklären Polens Bündnispartner England und Frankreich Deutschland am 03.09.1939 (ein Sonntag) den Krieg, weitere Staaten schließen sich an, erst damit Beginn des *Zweiten Weltkriegs*

Kruppstahl: »Flink wie die Windhunde, zäh wie Leder und hart wie Kruppstahl«, NS-Parole für die Jugend

Lagerführerin: Aufgrund ihres Status als BDM-Führerin hat sie im »dienstlichen« Bereich mehr Kompetenzen als die »zivile« Lagerleiterin (Lehrerin)

Leichen am Strand: Schiffe mit Flüchtlingen aus dem Osten sind bombardiert oder torpediert worden und gesunken, wie z. B. am 30.01.1945 die WILHELM GUSTLOFF (über 9.000 zivile Opfer, hauptsächlich Frauen und Kinder)

LSR: Luftschutzraum, Hinweis zur Rettung Verschütteter

Luftmine: Zu dieser Zeit die Bombe mit der stärksten Zerstörungskraft

Marschieren: Bedeutet hier, in Dreierreihen im Gleichschritt zu gehen (Marschkolonne)

Minister: Wilhelm Kuklinski, Maler: Karl-Peter Röhl, Musikprofessor: Edgar Rabsch, Verwaltungsjurist: ?, Friesischforscher: Dr. Fritz Braun

Morgenappell: Die Kinder stellen sich von Rechts nach Links der Größe nach in einer Reihe (Linie) exakt ausgerichtet auf und »zählen ab«, d. h. das erste Kind ruft »eins!«, das zweite »zwei!« usf., dabei wird der Kopf ruckartig nach links gedreht. Nach der »Meldung« über die Anzahl der »angetretenen« Kinder wird die Fahne gehisst

Muckefuck: Ersatzkaffee aus geröstetem Getreide (Bohnenkaffee gibt es nur in festgesetzten Kleinstportionen auf Lebensmittelkarte)

Naturkunde: Biologie und Physik

Nebeltonnen: Feindlichen Bombern soll die Sicht erschwert werden

Papiere auf dem Dachboden: Jahrgänge der »Deutschen Zukunft« (Zeitschrift der von den Nationalsozialisten verbotenen Deutschen Friedensgesellschaft) und Schriftwechsel des Redakteurs Johann Ohrtmann mit prominenten Pazifisten

Plaketten: Die Plaketten (mit phosphoreszierender Farbe beschichtete feste Pappe) gibt es in verschiedenen Formen, z. B. Apfel, Möwe, Dreieck

Rührt euch!: Bedeutet die Erlaubnis, die Füße etwas auseinander zu stellen und die Haltung zu lockern

Russen: Arbeitsfähige Männer und Frauen aus den von deutschen Truppen besetzten Gebieten werden als Arbeitskräfte zwangsweise nach Deutschland gebracht. Ein Kontakt zwischen ihnen und der deutschen Bevölkerung ist streng verboten

SA: Sturm-Abteilung, NS-Organisation

Salmi: Rhombus mit Hakenkreuz

Schupo: Angehöriger der Schutzpolizei

SD: Sicherheitsdienst (polizeilicher Nachrichtendienst; der SD, arbeitet eng mit SS [Schutz-Staffel] und Gestapo [Geheime Staatspolizei] zusammen

Sommerferien 1939: Wegen der in Kiel herrschenden Kinderlähmungsepidemie werden die Sommerferien bis in den Oktober hinein verlängert, s. Hans Schöner, a. a. O.

SS: Schutzstaffel, NS-Organisation

Standort: Vom Militär übernommener Ausdruck

Stehen: Bedeutet hier, unbeweglich zu stehen: nebeneinander gestellte Füße, seitlich angelegte Arme, Gesicht nach vorn

Stipendium: Für den Besuch weiterführender Schulen wird eine Gebühr erhoben (»Schulgeld«)

Stubenappell: Vom Militär übernommener Ausdruck: Die Kinder müssen ihr Zimmer säubern und in Ordnung halten (strenge Kasernendisziplin!)

Sturmbannführer: Rang in der SS

Tagesplan: Das Leben im KLV-Lager wird durch einen »Tagesplan« geregelt, nach dem alle Tätigkeiten und Ereignisse ablaufen, selbst die Freizeit. Während der »Freizeit« ist für jüngere Kinder ein individueller »Ausgang« jedoch verboten

TODT: Name des Gründers dieser technischen Einheit

Tommy: Spitzname für britische Soldaten (hier für Bomber: »Heute Nacht hat uns wieder der Tommy besucht!«)

Totaler Krieg: Nach einer im Berliner Sportpalast gehaltenen Rede von Reichsminister Goebbels werden unter dieser Parole von der deutschen Bevölkerung weitere Nahrungsmittelreduzierungen, Zwangsarbeiten u. Ä. verlangt

Ukrainische Küchenhilfen: Junge Mädchen und Frauen aus der von deutschen Truppen besetzten Ukraine werden nach Deutschland als Arbeiterinnen zwangsverpflichtet

Uniformmantel: Neue Stoffe und Kleidung gibt es – wenn überhaupt – nur auf »Bezugsschein« oder »Kleiderkarte.« Der Mantel stammt wahrscheinlich aus dem Bestand eines gefallenen Marinesoldaten

Untermenschen: Vokabel der NS-Ideologie, hier für Russen

Villa Charlottenburg: KLV-Krankenhaus

Volksempfänger: Einheitsradio

Weiße Farbe: Feuer hemmende Imprägnierung

Wirtz: Professor der Astronomie, Universität Kiel

Als Erinnerungshilfen

dienten private Fotos, Briefe, Dokumente
sowie
Detlef Boelck: »Kiel im Luftkrieg 1939 – 1945«,
Hg. Gesellschaft für Kieler Stadtgeschichte, Kiel
1980

Breit, Günther; Geckeler, Christa; Schöner, Hans
u. a.: »Das Gymnasium Wellingdorf. Eine Schule
auf dem Kieler Ostufer 1914 – 1989«, aus der Reihe: Mitteilungen der Gesellschaft für Kieler Stadtgeschichte, Band 75, Neumünster 1989

Gerda Brömel (Bearbtg.)/Johann Ohrtmann:
»Johann Ohrtmann >Sind Krieg notwendig?< Le-
benserinnerungen eines Pazifisten und Schulmannes«, Hg. Uwe Danker u. a., Beirat für Geschichte
der Arbeiterbewegung und Demokratie in Schleswig-Holstein, Kiel 1995

Die Fotos auf S. 108 und 127 von Friedrich
Magnussen wurden entnommen aus Jürgen Jensen:
»Kieler Zeitgeschichte im Pressefoto«, 2. Aufl.,
Neumünster 1985